La Faute des autres

DE LA MÊME AUTEURE

Saga *L'Inconnu du presbytère*
Tome 1 : *Les temps maudits*, roman, Éditions Hurtubise, 2022.
Tome 2 : *Le jeu du hasard*, roman, Éditions Hurtubise, 2023.

Saga *Dans le secret des voûtes*
Tome 1 : *Le trésor des Augustines*, roman, Éditions Hurtubise, 2021.
Tome 2 : *Les chemins inverses*, roman, Éditions Hurtubise, 2021.
Tome 3 : *Le temps des trahisons*, roman, Éditions Hurtubise, 2022.

Saga *La Faute des autres*
Tome 1 : *Les rêves*, roman, Éditions Hurtubise, 2019.
Tome 2 : *Les réalités*, roman, Éditions Hurtubise, 2019.
Tome 3 : *Les révoltes*, roman, Éditions Hurtubise, 2020.

Saga *La Marche des nuages*
Tome 1 : *L'insoumis*, roman, Montréal, Éditions Hurtubise, 2015.
Tome 2 : *L'infidèle*, roman, Montréal, Éditions Hurtubise, 2016.
Tome 3 : *L'infâme*, roman, Éditions Hurtubise, 2018.

Lucy Maud Montgomery, Écrivaine, Éditions de l'Isatis, 2020.
Joseph-Armand Bombardier, L'inventeur, Éditions de l'Isatis, 2019.
Mary Travers, Madame Bolduc, Éditions de l'Isatis, 2018.
Jean Talon, intendant en Nouvelle-France, roman, Montréal, Éditions de l'Isatis, 2014.
Le mystère de la mare aux crapauds, roman, Gatineau, Vents d'Ouest, 2013.
La nuit des cent pas, roman, Montréal, Hurtubise, 2009.
La fille du bourreau, roman, Montréal, Hurtubise, 2008.
Chut ! Ne dis rien !, album, Montréal, ERPI, 2007.
Nuit blanche à la cabane à sucre, roman, Laval, HRW, 2007.
Lettre à Salomé, roman, Montréal, Boréal, 2007.
Le cadeau du vent, roman, Montréal, Éditions du Phoenix, 2006.
Le secret du château de la Bourdaisière, roman, Montréal, Pierre Tisseyre, 2005.
Le petit carnet rouge, roman, Montréal, Hurtubise, 2005.
Trente minutes de courage, roman, Montréal, Hurtubise, 2004.
Pour un panier de pêches, roman, Montréal, Pierre Tisseyre, 2004.
Vaco, le Moche, roman, Montréal, Pierre Tisseyre, 2003.
Les temps fourbes, roman, Montréal, Pierre Tisseyre, 2003.
Au château de Sam Lord, roman, Montréal, Hurtubise, 2003.
Le choc des rêves, roman, Montréal, Pierre Tisseyre, 2002.
Sur les traces des Caméléons, roman, Gatineau, Vents d'Ouest, 2002.
Les mirages de l'aube, roman, Montréal, Pierre Tisseyre, 2001.
La dernière nuit de l'Empress of lreland, roman, Montréal, Pierre Tisseyre, 2001.
Le secret de Marie-Victoire, roman, Montréal, Hurtubise, 2001.
Le huard au bec brisé, roman, Montréal, Pierre Tisseyre, 2000.
Le vol des chimères, roman, Montréal, Pierre Tisseyre, 2000.
La peur au coeur, roman, Montréal, Boréal, 2000.
L'orpheline de la maison Chevalier, roman, Montréal, Hurtubise, 1999.
Le moussaillon de la Grande Hermine, roman, Montréal, Hurtubise, 1998.
Les caprices du vent, roman, Montréal, Pierre Tisseyre, 1998.
Le secret du bois des Érables, roman, Laval, HRW, 1998.

Josée Ouimet

La Faute des autres

tome 2

Les réalités

Roman historique

Hurtubise

Catalogage avant publication de Bibliothèque et Archives nationales du Québec et Bibliothèque et Archives Canada

Titre : La faute des autres / Josée Ouimet.

Noms : Ouimet, Josée, 1954- auteur. | Ouimet, Josée, 1954- Réalités.

Collections : Classiques du roman historique d'ici.

Description : Réédition. | Mention de collection : Classiques du roman historique d'ici | Sommaire : tome 2. Les réalités.

Identifiants : Canadiana 20220029288 | ISBN 9782897819866 (vol. 2)

Classification : LCC PS8579.U444 F38 2023 | CDD C843/.54—dc23

Les Éditions Hurtubise bénéficient du soutien financier du gouvernement du Québec par l'entremise du programme de crédit d'impôt pour l'édition de livres et de la Société de développement des entreprises culturelles du Québec (SODEC). L'éditeur remercie également le Conseil des arts du Canada de l'aide accordée à son programme de publication.

Financé par le gouvernement du Canada | Canada

Graphisme de la couverture : Sabrina Soto
Illustration de la couverture : Alain Massicotte
Maquette intérieure et mise en pages : Andréa Joseph [pagexpress@icloud.com]

ISBN 978-2-89781-986-6 (version imprimée)
ISBN 978-2-89781-425-0 (version numérique PDF)
ISBN 978-2-89781-426-7 (version numérique ePub)

Dépôt légal : 2e trimestre 2023
Bibliothèque et Archives nationales du Québec
Bibliothèque et Archives Canada

Diffusion-distribution au Canada :
Distribution HMH
1815, avenue De Lorimier
Montréal (Québec) H2K 3W6
www.distributionhmh.com

Diffusion-distribution en Europe :
Librairie du Québec/DNM
30, rue Gay-Lussac
75005 Paris FRANCE
www.librairieduquebec.fr

Imprimé au Canada
www.editionshurtubise.com

Il n'y a pas de hasards, il n'y a que des rendez-vous.

Paul Éluard

Chapitre 1

Le doute

— Ça veut pas nécessairement dire qu'on aura une augmentation de salaire, dit Philippe en mordant dans une pomme.

— Pas tout de suite, c'est certain, répliqua Jasmin Létourneau, un nouvel employé à la manufacture de chaussures du village, mais, avec l'arrivée du syndicat, on aura une meilleure position face aux boss.

— Chu pas certain que des pauvres p'tits ouvriers comme nous autres vont faire peur aux boss, syndicat ou pas, déclara Germain Langlois, un vétéran venu grossir les rangs des employés d'usine.

Les trois camarades se turent. Germain avait sûrement raison…

Mai 1945 avait marqué la fin d'un deuxième conflit mondial qui avait laissé dans son sillage plusieurs millions de morts, de blessés et de migrants. Les horreurs perpétrées par le régime nazi d'Adolf Hitler avaient stupéfié le monde entier, qui avait malheureusement compris trop tard l'ampleur du conflit.

Depuis la victoire des Alliés, les journaux publiaient des images sordides des camps de concentration et des survivants aux allures cadavériques. La vue de ces squelettes ambulants avait secoué l'opinion publique.

Les Juifs victimes des boches tentaient tant bien que mal de se trouver une terre d'asile. La venue de ces immigrants suscitait des craintes. Les grandes villes d'Amérique avaient cependant accueilli, bien malgré elles, le flot de migrants italiens, hongrois, polonais, allemands, ukrainiens, tchécoslovaques qui, après la fin du nazisme, fuyaient la tyrannie communiste de Joseph Staline. En s'alliant avec Churchill et Roosevelt contre Hitler, Staline avait hérité d'une grande partie du territoire européen qu'il avait mis sous sa férule. Désormais, la majorité des pays d'Europe de l'Est se retrouvaient sous le joug du drapeau rouge à la serpe d'or.

— Qu'est-ce que t'en penses, toi, Fernand? demanda Philippe, brisant le silence qui avait, un court instant, plané dans la petite pièce où, sur des chaises bancales, les ouvriers faisaient une courte pause bien méritée.

Fernand releva la tête et fixa, l'un après l'autre, les visages tournés vers lui. Il prit son temps, respira profondément, cherchant à mettre ses idées en place afin d'énoncer clairement son point de vue sans choquer les uns ou blesser les autres.

—Je pense qu'il faut bien peser les pour et les contre d'une alliance avant de choisir un syndicat. À mon avis, nous allier avec des organisations américaines ou canadiennes-anglaises ne nous servira pas…

— Qui te dit qu'on veut s'allier aux Anglais ? coupa Jasmin Létourneau, qui traînait avec lui une réputation de soupe au lait, mais aussi de fauteur de troubles.

— Laisse-le donc finir ! s'impatienta Philippe en lui lançant un regard noir.

— Il doit bien y avoir un syndicat qui serait plus proche de nous autres ? continua Fernand.

— Un syndicat catholique ? renchérit Germain.

— Pourquoi pas ! Je pourrais en parler avec le curé…

— Bon ! Le curé asteure ! s'exclama Jasmin qui s'était levé d'un bond à cette idée.

Il se mit à arpenter la pièce devant ses camarades qui se taisaient, sachant que Jasmin Létourneau devait d'abord cracher ce qu'il avait sur le cœur avant d'entendre raison.

— Ça fait trois mois que je travaille ici à coller des semelles. Juste l'odeur de la colle me lève le cœur. Y a même pas une fenêtre dans cette partie de l'usine. Jean-Claude Sicotte et Armand Vertefeuille sont tombés malades et ont dû quitter la job. C'est pas humain, des conditions de travail de même!

— Pourquoi vous demandez pas au contremaître de parler au boss? lança Germain.

— On l'a fait! Apparemment qu'il va faire quelque chose, mais y a pas dit quoi ni quand. Ça traîne… Pis ça va traîner aussi longtemps qu'y aura pas un syndicat pour nous aider à faire valoir nos droits.

La sirène marquant la fin de la pause retentit, mettant ainsi fin aux récriminations de celui qui en avait gros sur le cœur.

Fernand contempla la mine grise, les vêtements rapiécés, les souliers aux semelles trouées du jeune homme qui ravalait tant bien que mal sa colère. Il s'approcha de lui et posa une main sur l'épaule de celui qui, malgré ses vingt ans, se tenait voûté comme un vieillard.

— Travailles-tu toujours à la ferme de Jérôme Trudel en plus de faire tes cinquante-cinq heures ici?

— J'ai pas le choix. Depuis que le père est mort, la mère a même pas droit au secours direct. Ça fait que c'est moi qui dois nourrir la famille. Cinq enfants, ça mange en maudit.

— Ma femme a cultivé plein de légumes, je suis certain qu'y en a de trop. Je t'en apporterai demain.

Jasmin leva le front vers cet homme que tous les employés respectaient. On le savait franc, loyal et généreux. Malgré son air sérieux, voire sévère, tout un chacun au village reconnaissait l'intégrité de Fernand Dupré, mais surtout son sens de la justice et de l'équité.

—Je vais parler au curé au sujet des syndicats catholiques de Montréal. J'ai confiance qu'il saura me donner de bons conseils.

Les deux hommes se quittèrent sur un sourire de connivence, chacun sachant que la parole d'un prêtre avait plus de poids sur le peuple que celle de n'importe quel politicien, tous partis confondus.

Le ronronnement des machines retentit à nouveau dans la manufacture de chaussures d'Homer Dufresne. Fernand attacha son tablier de cuir derrière son dos et prit soin de ramener les lanières sur son ventre où il les noua solidement. Il remarqua que ces dernières semblaient plus courtes et tenta d'apercevoir le bout de ses chaussures.

«J'ai encore engraissé…», songea-t-il, amusé.

Il mit la faute de cet embonpoint sur les repas succulents de sa femme Henriette qui s'était révélée une cuisinière hors pair, doublée d'une maraîchère aux talents indéniables.

— Tu devrais manger plus de légumes, lui conseillait-elle régulièrement.

Fernand préférait les rôtis de porc, la graisse de rôti, le pâté chinois et les viandes grillées aux petites fèves, aux salades et aux légumes variés qui garnissaient pourtant le potager l'été et la chambre froide l'hiver. Ses tartes au sucre, aux raisins, ses gâteaux au chocolat moelleux et ses sucreries de toutes sortes, il ne saurait plus s'en passer…

Depuis l'examen médical qu'il avait passé en 1944, et qui l'avait laissé dans le doute quant à la possibilité d'avoir une maladie en latence, Fernand avait surmonté cette crainte et avait mis son destin entre les mains de la Providence, surtout depuis la naissance de son fils Maurice.

La venue au monde de ce premier-né tant désiré avait non seulement rassuré les nouveaux mariés sur la capacité à procréer, mais elle avait aussi prouvé qu'Henriette, malgré ses vingt-sept ans, enfantait sans trop de difficultés, mis à part les varices qui marbraient désormais le haut de ses mollets et l'arrière de ses cuisses.

La réminiscence de la peau douce qu'il avait caressée la veille, avant de s'endormir, lui mit le rouge aux joues.

Henriette…

Contre toute attente, la conscription qui lui avait fait épouser en hâte cette fille, rencontrée un jour de désespoir, l'avait mené sur un chemin pavé de roses. Pas une seule fois il n'avait regretté son choix. Pas une seule fois Henriette ne l'avait déçu. Chaque jour passé à ses côtés lui apportait une joie sereine et, malgré les longues heures passées devant sa machine, la seule pensée de retrouver sa femme et son fils le comblait de bonheur.

La semaine précédente, l'annonce d'une deuxième grossesse l'avait à ce point bouleversé qu'il en avait eu les larmes aux yeux.

— C'est pour quand ? avait-il demandé.

— Pour juin.

— La nouvelle maison sera pas encore commencée à construire, s'était-il désolé.

— C'est pas grave. T'as au moins le terrain de payé. Et puis on n'est pas dans la rue.

— On va être à l'étroit avec un nouveau bébé. Et Maurice aura quel âge quand tu accoucheras ? Il fait déjà ses nuits. J'aimerais pas que le bébé le réveille avec ses pleurs. Il va falloir penser à l'installer dans notre chambre. On sera à l'étroit, mais ce sera plus commode. Au début, en tout cas…

— Ça me dérange pas. Ça me fera moins loin aussi pour en prendre soin, l'avait rassuré Henriette.

Son projet de construire une maison avait aussi été remis à plus tard à cause de la mort de Marguerite. Devenu veuf, Rosario avait dû s'occuper des funérailles de celle qui avait perdu la raison à cause de lui, et la proposition qu'il lui avait faite de lui prêter 1 000 dollars était passée au second plan. Il devait payer les honoraires du croque-mort d'abord et certains frais associés à la longue hospitalisation de sa femme.

Fernand savait que son frère aîné s'était toujours senti coupable de la dépression de sa femme. L'accident qui l'avait invalidé avait fait tomber les résistances mentales et physiques de celle qui s'était évertuée à remplir son devoir d'épouse et d'aidante.

À l'annonce de la mort de Marguerite, les mauvaises langues avaient colporté des rumeurs voulant que le cordonnier Chenevert avait sombré dans la boisson, négligeant son atelier où les clients se butaient plus souvent qu'autrement à une porte fermée. On racontait que le pauvre homme se rendait tous les jours sur la tombe de celle qu'il avait aimée d'un amour secret, délaissant la tombe de sa défunte femme.

Bien que peu enclin à prêter attention à ces commérages, Rosario en avait été malgré tout assez affecté pour quitter le village. Il avait trouvé une chambre dans une pension du quartier Saint-Joseph, à Saint-Hyacinthe, reléguant ainsi aux calendes grecques le projet de demeurer avec son frère cadet dans la nouvelle maison. Avec son départ se turent les commérages, ce qui laissa le cordonnier retrouver sa peine dans la solitude de son atelier. Avec le temps, les réalités du quotidien reprenaient leur cours tel un fleuve tranquille après une tempête.

Tout à ses pensées, Fernand sursauta quand Lucien Demers, le contremaître, surgit à ses côtés.

— Tu ferais mieux d'aller voir ta femme, lui suggéra-t-il.

— Qu'est-ce qu'elle a ?

— La voisine dit qu'elle perd du sang.

Le soulier, à moitié terminé, tomba par terre. Fernand détacha en hâte son tablier qui alla rejoindre la chaussure. D'une main tremblante, il chercha désespérément le commutateur pour éteindre sa machine.

— Laisse faire, je vais m'en occuper. Cours vite chez toi ! l'incita le contremaître.

Sans un mot, Fernand quitta précipitamment les lieux sous les regards inquiets de ses compagnons.

Chapitre 2

Le choix

Le tic-tac de l'horloge sur le buffet s'accordait aux battements de cœur d'Henriette. Étendue sur son lit, un amas de serviettes entre les cuisses, elle priait en silence, égrenant avec empressement les petites billes de cristal de son chapelet serré entre ses doigts. Ses lèvres remuaient au rythme des «Je vous salue, Marie, pleine de grâce…», sans toutefois qu'un son les franchisse.

Un flot continu de liquide chaud s'échappait de son sexe, maculait ses cuisses, et Henriette tentait désespérément de calmer la peur qui lui tenaillait le cœur. Une douleur fulgurante lui fit échapper un cri.

Venue lui prêter assistance en attendant l'arrivée du médecin, madame Choquette, sa voisine, s'encadra sur le seuil de la chambre.

— Ça sera pas long. Ma fille est allée chercher le curé.

— Pas le docteur? s'inquiéta Henriette.

— Oui, oui, rassurez-vous ! Le docteur aussi. Je sais pas qui va arriver en premier, mais…

La bonne Samaritaine fut interrompue par trois coups secs frappés à la porte d'entrée.

— Tiens ! C'est le docteur qui arrive en premier, dit-elle en lui faisant signe d'entrer.

— A-t-elle perdu beaucoup de sang ? interrogea aussitôt le médecin.

La voisine pinça les lèvres en acquiesçant en silence.

Le docteur Chaput savait que les multiples enfantements de madame Choquette lui conféraient une expertise certaine. Elle ne se trompait probablement pas quant à l'issue de la grossesse d'Henriette Dupré.

— Avez-vous fait chercher le mari ? demanda-t-il en jetant un coup d'œil sur la table où la voisine des Dupré avait déjà placé des linges propres, une bassine et une bouilloire remplie d'eau chaude.

— Je vois que vous n'avez pas perdu de temps, la félicita le médecin.

— C'est pas la première fois que je fais ça ! Comme aînée de la famille, c'est moi qui ai aidé la sage-femme quand maman a mis au monde ses sept derniers enfants.

— Vous n'avez jamais pensé devenir sage-femme vous-même ?

— Pas question ! Pour préparer les accessoires, ça va ! Pour mettre au monde un enfant, ça, c'est une autre affaire !

Les deux complices se turent à l'arrivée du curé Brosseau.

— Où est madame Dupré ?

— Dans son lit, répondit la voisine.

Le curé déposa sa mallette sur la table à côté des linges.

— Attention, monsieur le curé ! s'insurgea madame Choquette. Faudrait pas salir les linges…

Le curé se soucia peu des remontrances de la mégère, la considéra avec un souverain mépris, enfila son étole avant d'attraper sa mallette et de se diriger à la suite du docteur au chevet de l'infortunée.

Tout à coup, la porte d'entrée s'ouvrit à la volée, faisant sursauter la voisine qui plaçait la pile de linge sur ses avant-bras repliés.

— Vous voilà, vous ! Je vais enfin pouvoir retourner chez moi. C'est bientôt l'heure du dîner…

— Comment va Henriette ? demanda Fernand, catastrophé.

— Le docteur et le curé sont avec elle.

— Le curé ? s'exclama Fernand.

— Vous en faites pas, le rassura sa voisine. Elle est jeune et forte. Elle va s'en sortir.

Madame Choquette se priva d'ajouter que pour l'enfant, ce serait peut-être différent.

— Allez vous laver les mains, ordonna-t-elle au pauvre Fernand qui la fixait d'un air hébété. Ensuite, je vous dirai quoi faire pour aider le docteur.

Comme un automate, Fernand enleva sa casquette, l'accrocha à la patère, déboutonna sa veste de laine bourgogne, qu'il plaça sur le crochet près de son couvre-chef. Il se dirigea à pas pressés vers l'évier de la cuisine, s'y savonna les mains avant de les rincer à grande eau. Il en profita pour s'asperger le visage, enlevant ainsi la fine couche de poussière de cuir qui se mêlait à la sueur. Il s'assécha la figure et les mains et marcha d'un pas décidé vers madame Choquette qui attendait patiemment.

— Ça va bien aller, le rassura-t-elle en déposant la pile de serviettes sur les bras tendus de son voisin. Si vous avez besoin de moi, vous savez où me trouver.

— Merci beaucoup, madame Choquette, parvint-il à articuler.

Sur un bref salut de la main, la voisine sortit. Un cri venant de la chambre serra le cœur du futur père qui se pétrifia. Le curé apparut dans l'embrasure de la porte. Il s'approcha de Fernand.

— Le docteur dit que votre femme perd beaucoup de sang, commença-t-il. Selon les règles de la Sainte Église, je me dois de vous conseiller de sauver l'enfant.

— Quoi ?

— Conformément au…

— Y en est pas question ! le coupa Fernand dont le teint tourna au cramoisi.

— Si c'est un fils… tenta encore le prêtre.

— Un fils ou une fille, sans une mère, ça vaut pas grand-chose.

— Fernand, essayez de vous raisonner…

— Me raisonner alors que vous me demandez de mettre au monde un orphelin ? C'est-y de la raison ou de la folie, ça, monsieur le curé ?

Fernand fit une pause avant de reprendre sur un ton calme et sans réplique, s'adressant au médecin :

— Sauvez la mère. Des enfants, on en fera d'autres.

Le docteur, qui n'avait rien perdu de la discussion entre les deux hommes, se leva du petit tabouret qui avait été installé au pied du lit conjugal. Il marcha vers la porte et la referma doucement, préférant conserver confidentiel un acte médical qui ne trouvait sa raison d'être que dans des cas extrêmes.

Pour bien des gens, extraire avant terme un fœtus du ventre de sa mère constituait un geste immoral et illégal. Pour ce médecin, secrètement en faveur d'un avortement effectué sous un contrôle médical approprié, c'était une question de survie. Les derniers bilans des Canadiennes mortes en couches ou des suites d'avortements bâclés étaient effarants. Ceux et celles qui militaient ou travaillaient pour aider ces femmes se retrouvaient la plupart du temps arrêtés, accusés et parfois même emprisonnés.

Des sueurs froides perlaient au front du médecin qui se dirigea vers la commode où il avait laissé sa mallette ouverte. Il y plongea la main, en sortit une petite fiole remplie d'un liquide clair. Il y plongea l'autre main avant de la retirer presque aussitôt, un mouchoir de coton blanc plié en quatre entre ses doigts tremblants. Il s'approcha d'Henriette qui gardait les yeux fermés. Seuls les mouvements de ses lèvres récitant ses prières et celui de ses doigts crispés sur le chapelet démontraient à la fois sa ferveur et son angoisse.

— Je dois vous endormir, murmura le médecin en se penchant au-dessus d'elle.

Henriette ouvrit les yeux et fixa celui dont sa vie dépendait.

— Faites ce que vous avez à faire, docteur, dit-elle d'un ton neutre.

Soumise jusqu'au plus profond de son âme, la femme referma lentement les paupières et ne bougea pas lorsque le médecin posa le mouchoir imbibé d'éther sur son nez. Elle inspira profondément. Le gaz fit son effet et Henriette plongea instantanément dans le néant.

Chapitre 3

Le deuil

Les obsèques du petit Henri eurent lieu deux jours plus tard, par un samedi matin triste et gris. Les jours d'été qui s'étaient écoulés sous un soleil éblouissant avaient laissé la place à un vent nerveux qui soulevait des tourbillons de poussière.

— Que les âmes des fidèles défunts…

Le bourdonnement des voix récitant les prières se répandait autour d'Henriette recroquevillée sur sa peine. Le curé Brosseau lança de sa voix rauque quelques mots qui ne lui parvinrent qu'à moitié. Ce fut Fernand qui, en exerçant une pression sur son coude, la sortit de ses songes.

Henriette releva la tête et observa les personnes rassemblées autour du petit cercueil.

De la famille Dupré, seuls Kildare et Rosario étaient présents, les autres membres ayant évoqué des empêchements pour justifier leur absence. Après tout, ce n'était qu'un enfant à qui Dieu avait refusé la vie…

Comme elle aurait aimé que ses sœurs puissent assister aux funérailles ! Mais le curé avait insisté pour que le corps du bébé soit mis en terre le plus rapidement possible.

Depuis le jour de l'avortement, la rumeur courait que le choix de Fernand avait déplu au prêtre qui lui reprochait de désobéir aux règles édictées par l'Église. Pour le curé, Fernand donnait le mauvais exemple aux autres paroissiens.

Le dimanche suivant l'enterrement, Fernand avait chanté dans la chorale, comme à son habitude, et il avait remarqué que le curé levait souvent la tête vers le jubé. Fernand avait même cru apercevoir son regard sévère fixé sur lui.

Tous les paroissiens connaissaient la rectitude presque militaire de cet homme d'Église qui avait commencé son sacerdoce dans les camps de bûcherons dans le Nord. On le disait rude, rustre même, et peu enclin à l'empathie. La froideur avec laquelle le prêtre s'adressait aux femmes du village ne laissait aucun doute : c'était un misogyne de premier ordre.

Dès le lundi matin, la routine reprit dans la vie du couple.

— T'es certaine que ça va aller ? demanda Fernand à Henriette qui était assise dans la berceuse, près de la table.

— Oui, oui, va travailler sans crainte. Madame Choquette va arriver d'une minute à l'autre.

Fernand caressa la joue de celle que le malheur avait frappée. Il admirait la force de caractère de cette femme qui demeurait positive en toutes circonstances. Il savait pourtant qu'elle était épuisée: les cernes sous ses yeux en témoignaient éloquemment. Elle leva le menton vers lui et sourit.

— Arrête de t'en faire, le rassura-t-elle encore. Je suis pas la première femme qui fait une fausse couche. Ni la dernière, j'en suis certaine. Que le curé soit d'accord ou non…

Henriette se mit à rire joyeusement. La réplique fit sourire son mari.

— T'as toujours le mot pour rire, toi!

— Faut ben rire, sinon on est mieux mort…

Un silence plana un moment dans la pièce. De minuscules poussières dansaient dans les rayons de soleil qui perçaient les fenêtres. Henriette les compara à des petites étoiles. Sa pensée dériva un moment vers les âmes de tous ces enfants mort-nés. Valsaient-elles ainsi dans une lumière divine ou, au contraire, flottaient-elles dans des limbes obscurs? Une douleur profonde l'accabla un moment et elle fit une courte prière pour cet enfant qu'elle ne chérirait jamais. Ses bras vides lui semblèrent soudain lourds de cette absence. Elle posa ses deux mains sur son ventre vide et ferma les yeux.

« Il y aura d'autres enfants », songea-t-elle, confiante.

Henriette rouvrit les yeux et contempla son jardin.

Juin, avec ses journées de plus en plus longues, laissait augurer un été à la hauteur des attentes de la jeune maraîchère. Une fois sa convalescence terminée, Henriette se remettrait vite au travail. Elle voulait agrandir la « couche chaude » ainsi que le jardin. Elle ferma les yeux et s'imagina y travaillant, après le souper, quand la végétation absorbait la chaleur et qu'une douce brise se levait. Cette image la réconforta et l'apaisa. Sortant brusquement de sa rêverie, elle sermonna gentiment son mari :

— Dépêche-toi, tu vas être en retard.

Fernand obéit docilement, non sans avoir au préalable embrassé longuement celle que la mort aurait pu faucher. Il se dépêcha de sortir.

— Bonne journée ! lui lança-t-il avant que la porte moustiquaire ne se referme dans un claquement sec.

*

La matinée s'était déroulée au rythme continu des machines. La pause avait été écourtée afin de terminer au plus tôt la commande de chaussures destinées aux grands magasins à rayons qui avaient désormais pignon sur rue dans presque toutes les villes de la province, petites ou grandes.

Ce jour-là, le propriétaire de l'usine, monsieur Homer Dufresne, ingénieur de formation, prenait un soin particulier à vérifier personnellement l'état de ses machines ; inspection qu'il faisait au moins deux fois par année.

Fernand aimait bien cet homme franc et loyal qui se faisait un devoir de donner du travail aux gens de Saint-Pie-de-Bagot. Fervent catholique, il le savait garant des valeurs et des principes stricts, sans pour autant être fanatique. C'était un patron autoritaire mais humain.

Plus de cent personnes, autant d'hommes que de femmes, travaillaient à son usine de chaussures. La bonne répartition des tâches s'avérait efficace : les hommes assuraient le taillage, l'usinage et l'assemblage des bases des chaussures, tandis que les femmes se spécialisaient dans la couture et la finition. Homer Dufresne possédait aussi la Yamaska Mills, où l'on fabriquait toujours le papier imitation brique, du papier à toiture laminé d'asphalte, ainsi que de la planche murale et des tuiles acoustiques.

Fernand se rappela le drame qui avait secoué la vie de son frère Rosario et de sa femme Marguerite. L'accident, qui avait fait de l'aîné de la famille Dupré un invalide, n'avait été que le premier d'une série d'incendies. Rien d'étonnant puisque la température était continuellement maintenue à 320 degrés Fahrenheit dans le secteur du séchoir.

Tout à ses pensées, Fernand sursauta quand son patron surgit à ses côtés. Dufresne posa une main sur son épaule et lui fit signe d'éteindre sa machine. Fernand s'exécuta promptement.

— J'ai su pour ta femme et ton enfant. Toutes mes sympathies…

— Merci, monsieur Dufresne.

— Si tu as besoin d'un congé pour prendre soin de ton épouse, n'hésite pas à me le demander.

— Ça va aller, mon Henriette est forte, vous savez.

— Les femmes sont plus fortes que les hommes, c'est vrai. Dieu les a créées ainsi.

Il sourit avant d'enchaîner :

— Que serions-nous sans elles ?

Fernand acquiesça du chef et sourit à son tour.

— Tu chantes bien, ajouta le patron. J'assiste à la grand-messe tous les dimanches, tu sais ?

— Oui, je vous vois du jubé. Vous avez votre banc en avant de l'église.

Fernand se retint de mentionner que ce privilège accordé aux notables du village horripilait plusieurs citoyens qui trouvaient cette tradition de plus en plus dépassée.

Depuis la fin de la guerre, on parlait de communisme, d'égalité, d'équité et de fraternité. La cohésion sociale d'avant-guerre laissait plus de place à une réelle volonté de changement, même si cette nouvelle vague provoquait des dissensions au sein des communautés.

Depuis deux ans et demi, l'élection de Maurice Duplessis comme premier ministre du Québec avait éliminé la corruption cautionnée par le Parti libéral d'Alexandre Taschereau, mais l'Union nationale avait entrepris de réprimer certains droits civiques, ce qui faisait monter la grogne chez les intellectuels francophones.

— Ça doit être dur de perdre un enfant, continua Homer Dufresne.

— Je le connaissais pas encore…

— Tu as raison. On ne peut pas aimer ce qu'on ne connaît pas.

L'entrepreneur donna deux tapes amicales sur l'épaule de son fidèle employé. Ce fut le signe que Fernand devait reprendre son travail.

Homer Dufresne quitta les lieux avec un discret salut de la tête et alla vers un autre employé avec lequel il entreprit de vérifier le mécanisme défectueux d'une courroie d'engrenage.

Fernand ralluma sa machine dont le moteur se mit à vrombir. Il s'empara de la chaussure à terminer et jeta un dernier coup d'œil vers la silhouette filiforme de celui qu'il admirait en secret. Il s'absorbait à sa tâche quand Philippe se dressa à ses côtés. Le regard brillant de son camarade et le mouvement nerveux de ses mains, qu'il enfouissait au fond de ses poches pour les en retirer aussitôt, l'inquiétèrent.

— Qu'est-ce qu'y a ? cria-t-il, par-dessus le bruit des machines.

— Tu le savais, toi, qu'on avait un nouveau contremaître ?

— Non. C'est qui ?

Philippe ouvrit la bouche, mais n'eut pas le temps de lui répondre. Derrière lui venait de surgir celui qui aurait dorénavant le sort des deux camarades entre ses mains.

Ernest…

Chapitre 4

La colère

— Y avait pas le droit de me faire ça ! ragea Fernand.

Tel un ours en cage, il faisait les cent pas dans la cuisine où les effluves parfumés d'une soupe au chou et au riz se dispersaient au gré de la brise qui entrait par les fenêtres ouvertes.

Assise à table, Henriette l'écoutait sans mot dire, laissant le flot de colère se déverser dans la pièce comme un raz-de-marée.

L'annonce avait littéralement soufflé Fernand, qui se voyait dorénavant sous les ordres de ce frère tant détesté.

— Le Caïn ! Y pouvait pas aller chercher une job ailleurs ? cria-t-il encore.

— C'était plus pratique pour lui, vu qu'il vient de s'acheter une maison sur la rue Notre-Dame, au village.

— Y a un char ! Y aurait pu voyager !

— Avec le prix de l'essence qui monte tout le temps…

— Coudonc ! Es-tu de son bord ? coupa Fernand avec véhémence.

Henriette releva le front et planta un regard dur sur son époux, qui s'était brusquement arrêté au bas du petit escalier montant vers l'unique pièce, où une chambre avait été aménagée pour Maurice. Jamais encore elle n'avait vu son mari dans un état pareil. Jamais encore il ne lui avait parlé sur ce ton. La peine, la colère surtout qui le submergeait, avaient assurément des racines profondes.

Le couple demeura quelques instants à se toiser. Un silence tendu les séparait.

— Calme-toi… tenta-t-elle pour chasser le malaise qui s'installait.

— Me calmer ! Comment veux-tu que je me calme en pensant que je vais voir sa crisse de face tous les jours du reste de ma vie ?

À court d'arguments, Henriette reporta son attention sur son repas. Elle plongea sa cuiller dans la soupe, l'en retira et souffla dessus avant de la porter à sa bouche.

Venant de la chambre à l'étage, des pleurs retentirent. Henriette délaissa aussitôt son repas et se leva de table. Elle fit quelques pas quand une douleur lui vrilla les entrailles. Elle porta la main à son ventre.

Fernand fut aussitôt près d'elle et l'invita à se rasseoir.

— Tu devrais être couchée et te reposer. Tu te relèves quand même d'une fausse couche, faut pas l'oublier, la réprimanda-t-il doucement.

— C'est rien, comparé à travailler tous les jours avec un frère qu'on déteste, ironisa-t-elle.

La réplique laissa Fernand pantois.

— T'es pas sérieuse quand tu dis des affaires de même ?

En haut, les pleurs de Maurice redoublèrent.

— On choisit ses drames et ses batailles, mon mari, trancha-t-elle sur un ton si sérieux que Fernand en resta bouche bée.

Henriette marcha vers le poêle électrique de marque Frigidaire, dernière acquisition du couple qui avait préféré se serrer la ceinture pour se procurer cet appareil dorénavant indispensable dans les foyers québécois.

— Va chercher le petit, ordonna-t-elle enfin.

Fernand obéit sans plus tarder, d'autant plus que les pleurs de Maurice s'étaient transformés en cris de détresse.

*

Les jours passèrent et la vie reprit son cours. Fernand travaillait à l'usine du matin au soir, évitant le plus possible la présence du traître. De son côté, Ernest demeurait confiné dans son petit bureau, déléguant un subalterne lorsqu'il était question de rappeler un employé à l'ordre ou de régler des litiges avec des ouvriers récalcitrants.

Malgré la volonté de certains d'adhérer à un syndicat reconnu, aucune mesure concrète n'avait été prise. Pourtant, les conditions de travail laissaient de plus en plus à désirer. Le pire était cette fine poussière de cuir qui collait partout, s'infiltrait dans les narines et les oreilles et collait aux cheveux.

Fernand sortit son mouchoir de coton de sa poche et se moucha bruyamment. Lorsqu'il eut terminé, il s'essuya le nez avec vigueur et voulut remettre en place son mouchoir. Sur le tissu blanc, une rayure sombre attira son attention. Une fine trace noire et rouge marbrait le coton… Il vérifia entre les plis du mouchoir où, pareil à un nuage d'orage, un amas de poussière grise s'agglutinait.

Inquiet, Fernand replia le carré de coton avec précaution, emprisonnant volontairement les résidus de cuir amalgamés aux sécrétions nasales.

« Je vais aller montrer ça au docteur », songea-t-il.

Les revendications de certains employés lui revinrent en mémoire.

« C'est pas assez ventilé ici. On respire de la cochonnerie… »

« Y manque de lumière. On voit rien ! Si ça continue, on va devenir aveugles à se forcer les yeux comme ça… »

« Les ateliers sont trop petits et les machines trop rapprochées. Nos vêtements peuvent se prendre dans les engrenages… »

« On va devenir sourds avec le bruit des machines… »

Aujourd'hui, Fernand avait la preuve qu'un combat devait s'amorcer. Une bataille pour la survie de ceux et celles qui s'échinaient plus de soixante heures par semaine, pour un salaire de misère, à enrichir des riches.

L'inégalité des classes sociales lui sauta aux yeux. Jamais encore il n'avait ressenti pareil danger. Jamais encore pareille alarme n'avait retenti aussi fort en lui. Pas même au plus fort de la conscription.

Fernand se souvint du résultat de son examen militaire.

Pour cause de pieds plats, avait-on écrit dans sa lettre de dispense.

Un malaise, qu'il croyait pourtant disparu depuis longtemps, refit surface et lui glaça le sang. La question qui l'avait hanté plusieurs mois après le diagnostic roula dans son cerveau comme un coup de tonnerre.

« Quelle maladie le docteur a-t-il détectée ? Pourquoi m'a-t-on caché quelque chose ? », s'interrogea-t-il.

La certitude qu'un mal était tapi en lui et qu'il le rongeait lentement lui donna la conviction que le temps lui était compté et qu'il devait agir vite. Il releva la tête et balaya des yeux la pièce où il se trouvait. La vue de ces hommes et de ces femmes, courbés devant des machines, s'affairant frénétiquement à produire plus, toujours plus, toujours plus vite, le frappa en plein cœur. Les années de guerre, qui avaient imposé la fabrication de produits destinés au ravitaillement des troupes, n'étaient plus. Les industries du fer, du textile, du caoutchouc et des céréales avaient quadruplé leur production pour répondre aux besoins militaires, mais la guerre était chose du passé. Le monde avait changé. Il fallait désormais que la paix revenue soit aussi synonyme d'une meilleure vie pour tout un chacun.

Fernand imagina Henriette, courbée elle aussi au-dessus du poêle, de sa machine à coudre ou encore au-dessus du petit lit où devait présentement reposer son fils. Il songea avec amertume à toutes ces heures loin d'eux, occupé qu'il était à trimer du cuir et à piquer des semelles pour des inconnus. Il regretta les beaux jours passés à la ferme pendant lesquels il avait rêvé d'un avenir calme bercé par le rythme des travaux de la terre…

— Tu dors, le frère !

La voix tant haïe le fit se raidir.

— Je dors pas.

— Tu travailles pas non plus.

Les traits d'Ernest étaient durs, ils exprimaient l'arrogance et la vanité.

— J'ai pas à recevoir des ordres d'un traître comme toi.

— Tut ! Tut ! On parle pas d'même à son boss…

Fernand s'efforça de se composer un visage déterminé malgré le feu qui empourprait ses joues.

— Tu seras jamais mon boss.

— Je suis ton boss. Que tu l'veuilles ou non. Pis le boss, y te dit d'arrêter de rêvasser, pis de te remettre au travail au plus sacrant.

Autour d'eux, les employés avaient relevé la tête, épiant le duel entre les deux frères.

Afin de ne pas céder à la colère qui lui aurait fait commettre un geste regrettable, Fernand baissa la tête et reprit sa tâche sous le regard vainqueur de son aîné.

— Bon… J'aime mieux ça. *Good boy*…

Ernest pivota sur ses talons.

— Y faut qu'on sorte la production pour demain ! Ce que j'ai dit à mon frère, c'est valable pour tout le monde ! lança-t-il en regagnant son bureau.

Ravalant sa rage, Fernand se concentra sur son travail, bien décidé à ne plus se faire réprimander par ce traître.

Il pensa au mouchoir souillé au fond de la poche de son pantalon.

« On va voir qui de nous deux sera le plus intelligent », songea-t-il, toujours aussi amer.

Chapitre 5

Laurette

Deux mois s'étaient écoulés depuis la mort d'Henri. Deux mois pendant lesquels la vie avait repris son rythme habituel. Ni Fernand ni Henriette ne parlait de cet épisode, pourtant dramatique, qui aurait pu faire basculer leur quotidien tranquille.

— Maurice aura bientôt deux ans… Eh que ça va vite ! dit gaiement Henriette, en revenant de la chambrette où l'enfant, lavé et langé, reposait déjà entre les bras de Morphée.

— Oui, ça passe vite et c'est parfois mieux comme ça, renchérit son mari, attablé devant des papiers couverts de dessins et de calculs.

La femme vint se poster derrière lui et mit son bras autour des épaules de celui qui, contre toute attente, lui procurait un bonheur inespéré.

Depuis leur mariage, Henriette s'était évertuée à faire de son mieux. En ménagère avisée, elle s'enorgueillissait de garder la maison immaculée – jusque dans les placards et les tiroirs, où elle se faisait un devoir de plier et de ranger soigneusement les vêtements. Pas une tache n'échappait à son regard, pas une couture défaite à son aiguille. En bonne cuisinière, elle garnissait la table toute l'année de conserves et de confitures confectionnées à partir des légumes et des fruits récoltés dans son potager. Dans la chambre froide aménagée sous la cuisine, où elle avait accès par une trappe, des caisses en bois remplies de carottes, de navets et de patates voisinaient les pommes, les choux et les citrouilles. Rien n'était jeté à la poubelle avant qu'Henriette soit certaine qu'elle ne pourrait plus rien en tirer. Des vieux vêtements recueillis chez certains villageois mieux nantis, elle récupérait les boutons et les fermetures éclair. Du tissu encore bon, elle taillait un manteau, un pantalon, une veste pour le petit Maurice. Avec les restes qu'elle découpait en carrés ou en triangles, elle confectionnait des courtepointes colorées.

— Toujours dans tes calculs ?

— Oui, si tout va comme je pense, on va pouvoir commencer la construction le mois prochain.

— En plein mois de juillet ?

— C'est le meilleur temps pour moi. En plus, je vais pouvoir prendre congé à la manufacture plus facilement et travailler au chantier.

— Tu profiteras pas de ton congé pour te reposer ?

—Je me reposerai quand on sera dans notre nouvelle maison.

—Je trouve que tu t'en mets beaucoup sur les épaules, mon Fernand.

Il regarda sa femme tendrement et lui dit doucement :

—Je suis plus jeune, jeune, tu sais… Y faut pas que j'attende trop longtemps pour la bâtir, cette maison-là. Sinon j'en profiterai pas…

Deux coups secs frappés à la porte les surprirent.

— Oui ? appela Fernand.

La porte s'ouvrit doucement. Une femme s'y encadra.

— Bonjour… dit-elle dans un sourire qui révéla ses dents irrégulières et écartées.

— Laurette ! ? Qu'est-ce que tu fais ici ? s'exclama Henriette, heureuse de revoir la fille aînée de la famille Camirand. Les deux sœurs ne s'étaient pas revues depuis au moins quatre ans.

—J'arrive de l'hôpital…

— T'es pas malade, toujours ? interrompit la benjamine, inquiète, en marchant vers elle.

—Non, non, rassure-toi. On est venus pour Gaétan…

Laurette regarda timidement son beau-frère, qu'elle voyait pour la première fois.

— Bonjour, monsieur Dupré.

En homme poli, Fernand se leva et tendit la main à sa belle-sœur en signe de bienvenue.

— Bonjour Laurette.

Le ton était neutre, la poignée de main conventionnelle.

Fernand connaissait l'histoire de cette femme. Il était surtout au fait des conditions dans lesquelles elle vivait.

Abandonnée par son mari alors qu'elle était enceinte de son premier enfant, la pauvre femme n'avait eu d'autre recours que de se placer sous le secours direct donné aux miséreux de la province. Voulant à tout prix se sortir de sa pauvreté, Laurette avait loué deux chambres dans son petit logis. À Acton Vale, où elle avait élu domicile, des commères avaient vite fait de la dénoncer au député afin que son nom soit rayé de la liste de bénéficiaires de l'État.

La pauvreté avait fondu sur Laurette comme un vautour sur sa proie et l'aînée de la famille Camirand avait pris en charge sa destinée en faisant fi des médisances et des calomnies qui circulaient à son sujet. Son logis se remplit ainsi de vagabonds et d'éclopés de guerre, dont elle tirait peu d'argent mais qui étaient tout dévoués à cette femme généreuse. Avec un de ces étrangers venus quêter un gîte, un soir de novembre, Laurette avait vécu un amour interdit, duquel était né un enfant attardé.

« C'est la punition de Dieu… », se plaisait-on encore à dire.

— Viens t'asseoir, l'invita Henriette.

— Je veux pas vous déranger.

— Tu nous déranges pas, voyons !

Fernand marcha vers la table, ramassa les papiers avant de se tourner vers les deux sœurs toujours debout près de la porte.

— Je dois aller voir monsieur Boulay, le propriétaire du terrain… annonça-t-il.

— Tu peux rester… commença Henriette que le départ de son mari plaçait dans l'embarras.

— Vous avez sûrement beaucoup de choses à vous raconter entre sœurs, dit précipitamment Fernand avant d'enfouir ses papiers dans une mallette en cuir fauve.

Il s'avança vers Henriette et déposa un baiser sur sa joue.

— Je vous laisse. Bonne journée !

Fernand sortit rapidement sous le regard perplexe de sa femme.

— Il m'aime pas, ça se voit… confia Laurette en courbant les épaules.

— Qu'est-ce que tu vas t'imaginer là ? Il te connaît à peine.

— Mais il connaît mon histoire, c'est certain.

Henriette baissa la tête, se soustrayant un instant au regard accusateur de sa sœur.

— Oui, je lui ai raconté.

— Pas étonnant qu'il veuille pas me voir trop longtemps.

— Fernand est un homme juste, mais il a des principes bien arrêtés…

— Bien sûr ! la coupa Laurette. Comme tous les hommes, d'ailleurs…

Elle fit une pause pendant laquelle elle tritura le tissu élimé de son sac entre ses mains nerveuses.

— J'ai soif.

Henriette entraîna à sa suite sa sœur vers la table et l'invita à prendre place sur une des chaises. Elle s'empressa d'aller remplir un verre d'eau au robinet et revint le donner à Laurette qui le vida d'un trait avant d'essuyer sa bouche du revers de sa main. Henriette remarqua la saleté des ongles, le tissu usé de la manche de la veste de lainage beaucoup trop chaude pour ce temps de l'année.

Elle eut pitié.

— Comment tu vas ? demanda-t-elle en prenant place sur une chaise près de sa sœur.

— Bah… Ç'a déjà été pire.

— Mais l'hôpital ? Gaétan ?

— Je t'ai menti… C'est moi qui suis allée passer des examens.

— T'es malade ?

— Les poumons… Mais ça se soigne, y paraît.

— As-tu assez d'argent pour payer les médicaments ?

— Jean, un de mes pensionnaires, va me donner quelques mois d'avance pour me dépanner.

— Je peux t'aider si… dit vivement Henriette, qui imaginait aisément la précarité dans laquelle sa sœur devait se trouver.

— Chu pas venue ici pour que tu me fasses la charité ! répliqua Laurette.

— Excuse-moi, je voulais pas te gêner, tu sais, déclara Henriette, penaude.

— Je sais, je sais… Mais il me reste encore un peu de dignité.

Henriette dodelina de la tête, consciente que sa sœur aînée avait dû affronter bien des tempêtes. Elle l'admira d'avoir encore le courage de se tenir debout.

— C'est Estelle… commença Laurette.

— Quoi, Estelle ?

— Elle m'a écrit.

Le sang d'Henriette ne fit qu'un tour. Laurette connaissait-elle le secret de la cadette Camirand ?

— J'ai reçu la lettre il y a deux jours.

— Qu'est-ce qu'elle dit ? Où est-elle ?

— Elle vit à Bristol, dans le Connecticut, où elle travaille dans une filature de coton.

— Avec ses poumons fragiles ?

— Y semblerait que ça l'incommode pas trop. Mais c'est pas ça le plus important.

Henriette n'osa pas poser la question qui lui brûlait les lèvres afin de ne pas trahir son serment.

— Elle est mariée, laissa enfin tomber Laurette.

— Avec qui ?

— Un certain Joseph Ochal, un Polonais d'origine. C'est un ancien soldat de l'armée américaine qui aurait combattu en Asie. Après avoir été fait prisonnier par les Japs, il est rentré aux États. Il travaille à la filature aussi. C'est son boss et il a…

Les paroles de Laurette parvenaient à Henriette comme dans un songe. Comment Estelle pouvait-elle faire un trait sur ce qui avait été ? Comment pouvait-elle ignorer l'existence de l'enfant qu'elle avait abandonné ?

— … elle va venir à Montréal en juillet.

Les derniers mots tirèrent Henriette de sa songerie.

— À Montréal ?

— Gaston va les héberger. Penses-tu que je pourrais aller les voir avec toi ? On pourrait se rendre en train ?

Pâle et la bouche sèche, Henriette se leva précipitamment et alla se remplir un verre d'eau qu'elle vida à moitié. Le feu brûlait sa gorge où se coinçaient des paroles qu'elle se devait de ne pas laisser échapper. Comment raconter l'erreur de jeunesse d'Estelle ? Comment aussi ne pas divulguer l'odieux penchant secret de Gaston ?

Dans un sursaut de colère, elle se tourna vers Laurette, qui était toujours assise sur la chaise, les mains croisées sur son petit sac à main. Elle voulut lui crier l'horreur qu'elle avait ressentie en apprenant la déviation sexuelle de leur frère, le désespoir quand elle avait reçu les aveux de leur benjamine, mais la charité chrétienne la retint.

— Vas-y toute seule, parvint-elle à dire. Moi, j'aurai pas le temps. On bâtit la maison en juillet et Fernand va avoir besoin de moi.

Laurette remarqua les gouttes de sueur qui perlaient sur le front de celle qui semblait chanceler contre le comptoir de la cuisine. Elle nota les yeux brillants, les lèvres tremblantes, comme si Henriette retenait ses larmes. La sœur aînée comprit qu'il était survenu entre les membres de la famille Camirand quelque chose dont elle avait été exclue très tôt. Elle sentit qu'à mots couverts, Henriette la pressait de quitter les lieux. Elle se leva sans hâte, contourna la chaise et marcha à petits pas vers la porte. Elle posa la main sur la poignée et jeta un regard par-dessus son épaule vers celle qui laissait enfin libre cours à son chagrin.

— Prends soin de toi, Henriette, dit-elle en franchissant le seuil de ce logis dans lequel, elle en était persuadée, elle ne remettrait jamais les pieds.

Chapitre 6

Le rêve

Mallette à la main, Fernand s'était rendu au terrain où il imaginait déjà sa future maison. Au hasard de son chemin, il croisa le père Daviau, toujours aussi mal fagoté dans ses vieux vêtements tachés, le visage barbouillé de traînées brunâtres, tirant sa charrette remplie du fruit de ses récoltes au dépotoir du village. Fernand remarqua qu'il avait raccourci sa foulée et boitait légèrement.

Situé plus loin, vers la pente à Mimi Roy – ainsi nommée à cause de sa propriétaire – qui plongeait vers les rapides, le dépotoir était peu fréquenté l'été à cause des miasmes qui empestaient l'air chaud. Par contre, l'hiver, les adolescents friands de sensations fortes se lançaient à l'assaut de la côte à Mimi sur leurs luges et leurs toboggans, évitant de justesse les arbustes rabougris et les ronces entremêlées qui gênaient leurs folles descentes. L'endroit était dangereux…

— T'es-tu fait mal, Ti-Jos ? lança-t-il.

L'interpellé ne daigna même pas regarder Fernand et suivit son chemin sans mot dire.

Fernand haussa les épaules devant pareille indifférence et poursuivit lui aussi sa route. Quand il posa les pieds sur le terrain, dont il était propriétaire depuis quelques mois, une voix amusée le fit sursauter.

— On va-tu finir par la voir, c'te maison-là ?

Fernand se retourna, le sourire aux lèvres.

— Phil Bissonnette ! s'exclama-t-il.

Les deux mains posées sur le guidon d'un carrosse bleu marine, l'homme souriait à belles dents. À ses côtés, sa femme Jeanne, un bambin turbulent accroché à la main, lui sourit avant de se tourner vers leur fils Armand, d'un an plus âgé que le premier-né des Dupré.

Fernand s'approcha du carrosse et s'y pencha, découvrant le minois d'une petite fille toute de rose vêtue.

— Je te présente Angélique, déclara Philippe rayonnant de fierté. Est-y assez belle ?

— Très belle ! acquiesça Fernand.

— Toujours chez Dufresne ? demanda Philippe, qui avait quitté son emploi pour un poste de concierge à l'hôpital de Saint-Hyacinthe, un mois plus tôt.

— Ben sûr. Où veux-tu que je travaille à part là ?

— Ailleurs. Regarde-moi. Je suis content d'avoir changé de job. Même si c'est pas toujours facile de faire le ménage dans un hôpital, c'est mieux qu'à la shop de chaussures.

— Y a arrêté de tousser depuis qu'il travaille plus à l'usine, annonça Jeanne en se rapprochant de son mari.

— J'aimerais bien trouver un autre travail, mais j'ai pas d'automobile et je conduis pas.

— Y a l'autobus qui s'arrête matin et soir juste en bas de la côte, sur la rue Notre-Dame, en face du garage du père Morin.

— Je sais, mais ça me tente pas de voyager matin et soir. J'aime mieux marcher.

— C'est sûr que voyager, ça fait plus de dépenses, dit Philippe.

— Et moins de temps à la maison, ajouta Jeanne.

À son bras, le gamin s'impatientait.

— Armand ! Arrête de tirer sur mon bras comme ça ! protesta la mère, dont la patience s'émoussait.

— Armand ! gronda Philippe.

La grosse voix de son père fit son effet : le fils Bissonnette se figea avant de fondre en pleurs.

Jeanne s'accroupit aussitôt près de lui et le consola doucement. Entre-temps, Philippe avait entraîné Fernand un peu à l'écart.

— Je voulais te dire que… c'est pas juste à cause de ma gorge et de mes poumons que j'ai quitté la manufacture. C'est à cause de ton frère, avoua-t-il.

Fernand écarquilla d'abord les yeux avant de pincer les lèvres, retenant avec peine le juron qui s'y pressait.

— C'est un homme dur et méchant, qui n'a aucun respect pour les autres, continua Philippe. Y arrêtait pas de me crier après et il m'humiliait devant les gars. Ça… je pouvais plus le digérer. Et puis, les employés se plaignent qu'il sent la tonne à plein nez, même en plein après-midi. Y paraît qu'il a deux flasques de boisson dans son tiroir de bureau. Quelqu'un devrait prévenir monsieur Dufresne…

— Ça sera pas moi, coupa Fernand.

— Qui d'autre ?

— Pas moi, se contenta de répéter Fernand.

— T'es son frère. Tu pourrais plaider que tu veux l'aider pis que…

— Je lèverai pas le p'tit doigt pour ce Caïn ! Ce qu'il fait de sa vie, je m'en sacre ! Qu'il aille en enfer si ça lui chante !

Philippe soupira.

— Y a dû te faire chier d'aplomb pour que tu le haïsses à ce point-là…

— Plus que tu pourras jamais l'imaginer, déclara Fernand avec force. Avec un frère comme lui, on n'a pas besoin d'ennemis.

— Ça doit être dur de travailler pour lui.

—Je travaille pas pour lui. Mon boss à moi, c'est monsieur Dufresne. Quand j'aurai quelque chose à demander, je m'adresserai directement à lui.

Du carrosse leur parvinrent des petits cris. Angélique se réveillait.

— Va falloir y aller, annonça Jeanne en venant les rejoindre.

— Dire que c'est tout petit, pis que ça nous mène déjà par le bout du nez ! dit Philippe en riant.

— Gaga comme t'es, sois certain qu'elle va te mener longtemps par le bout du nez, ta fille ! le taquina Fernand.

Les deux camarades s'esclaffèrent.

Jeanne leva les yeux vers le mari de sa cousine.

— Henriette va bien ? Maurice aussi, j'espère ? s'informa-t-elle.

— Très bien !

— Venez donc faire un tour chez nous, dimanche prochain. Ça fait tellement longtemps que je les ai pas vus, ajouta-t-elle.

— On n'est pas ben ben sorteux, s'excusa Fernand, sachant trop bien que le bonheur de Jeanne, avec ses deux grossesses menées à terme, faisait l'envie de sa femme.

Les cris d'Angélique redoublèrent tandis qu'Armand l'agaçait avec un brin d'herbe arraché au bord du trottoir.

— Arrête, Armand ! tonna Philippe.

L'enfant obtempéra aussitôt.

Fernand prit congé de la petite famille qui rebroussa chemin et retourna en hâte vers son logis de la rue Panet, où elle avait récemment élu domicile.

Une fois seul, l'image du visage d'Ernest s'imposa à Fernand. Ancré en lui, un profond sentiment de haine envers celui qui avait ruiné ses rêves de jeunesse le fit frissonner jusqu'à la moelle.

Par la faute de ce fou, la ferme paternelle avait été vendue à des étrangers pour un prix dérisoire. Par sa faute aussi, la famille s'était disloquée, chacun s'évertuant à éviter les rares réunions ou rassemblements. Sans les baptêmes ou les funérailles, Fernand n'aurait jamais vu ses sœurs qui, avec leurs cinq et six enfants, n'avaient pas de temps à perdre loin de la maison et de leurs tâches ménagères.

Fernand eut une pensée émue pour celle dont il regrettait l'absence. Adèle… Il aurait tant aimé qu'elle connaisse Maurice. Il aurait aimé aussi partager avec elle ses craintes, ses joies, ses questionnements et ses réalités. Adèle aurait su calmer les angoisses qui l'assaillaient souvent le soir, alors qu'il cherchait en vain un sommeil réparateur.

« Elle seule savait trouver les mots… », songea-t-il.

« Tu as Henriette maintenant », susurra une petite voix au fond de lui.

Cette femme, qu'il avait épousée pour éviter la conscription, s'était avérée la compagne parfaite à tous les points de vue. Petit à petit, le couple apprenait à faire équipe dans les joies comme dans les épreuves. Fernand appréciait l'honnêteté d'Henriette, qui savait lui donner son avis plein de bon sens sur les différents problèmes qu'il lui exposait.

— Elle a du gros bon sens… murmura-t-il, faisant écho à ses pensées.

Sans elle, il en était certain, sa vie ne serait pas la même.

Fernand leva la tête vers la structure d'acier du pont du Canadian Pacific Railway qui offrait sa carcasse aux rayons du soleil rougeoyant. C'est précisément là que leurs chemins s'étaient croisés, un jour de désespoir et de doutes. Il entendit le murmure des rapides en contrebas et leva les yeux vers le flanc nord de la manufacture de papier brique, dont les murs blancs miroitaient entre le vert tendre des trembles qui bordaient la rivière tout près du barrage. Ses pensées voltigèrent vers son frère Rosario, dont un accident aussi bête que terrible avait fait un grand brûlé. Il pensa aussi à son frère Adrien, parti travailler à l'aménagement de la rivière Betsiamites, sur la Côte-Nord, un premier chantier d'Hydro-Québec, qui s'était vu obligé d'augmenter sa production en électricité un an après l'élection de Maurice Duplessis comme premier ministre de la province. L'adoption de la loi pour électrifier les régions rurales par le biais des coopératives avait fait croître le nombre d'abonnés à un réseau laissé en piètre état par la compagnie Montreal Light, Heat & Power.

Adrien avait vu l'occasion d'aller se faire un petit magot, loin des tentations, mais surtout loin des ennemis qu'il avait le don de se faire chaque fois qu'il mettait les pieds dans des tavernes ou des tripots. Fernand savait que son impulsif de frère devait se faire oublier.

Comme d'habitude…

De ses sœurs, Fernand ne recevait que de rares nouvelles écrites à la hâte sur une carte de Noël qu'elles se sentaient obligées d'envoyer pour se donner bonne conscience.

Du côté d'Henriette, seules Rose-Aimée et Aline donnaient régulièrement signe de vie. Elles ne se privaient d'ailleurs pas de venir les visiter, en été, surtout quand les récoltes étaient bonnes, ou en automne pour quêter des conserves.

Debout sur le petit promontoire en corniche, Fernand soupira d'aise quand, venant de la maison en déclin de bois blanc de monsieur Boulay, son voisin de droite, lui parvint une mélodie jouée par le violoniste aveugle.

— Que c'est beau… souffla Fernand que l'enchantement de la musique atteignit en plein cœur.

Il contempla son royaume en se laissant bercer par les notes vibrantes. Il sut alors que plus vite il aurait édifié sa maison, plus vite son bonheur serait complet. Il tenta de refouler au plus profond de son cœur la rancune qu'il vouait à Ernest et demanda à la Vierge de lui donner la force de se soustraire à son emprise.

— L'indifférence sera ma meilleure arme... murmura-t-il dans la brise fraîche.

Faisant demi-tour, il marcha d'un pas léger vers son logis où, il en était certain, Henriette lui avait préparé un bon repas.

Chapitre 7

Le nouveau curé

— Peux-tu mettre les pelures de patates dans le carré à déchets, en partant, s'il te plaît? demanda Henriette.

— Ben sûr. Je vais en profiter pour les brasser avec la fourche. Ça va nous faire du bel engrais pour notre nouveau jardin, dit Fernand.

Il attrapa le seau de métal rempli des restes de table.

— Y va faire chaud en titi, aujourd'hui, se plaignit Henriette que les canicules de cette fin de juillet incommodaient au plus haut point.

Depuis quelques jours, ses chevilles enflaient. Des crampes aux jambes, aussi fréquentes que douloureuses, la réveillaient au beau milieu de la nuit, l'obligeant à se lever et à arpenter le plancher frais pour rétablir la circulation rendue difficile par la pression sur ses veines. Des varices bleutées marbraient de plus en plus ses jambes, à son grand désarroi.

— Fais attention de pas te blesser. Surtout, reste pas trop longtemps au soleil, recommanda-t-elle à son mari qui mettait le pied sur la galerie.

Fernand acquiesça du chef, pressé de commencer cette cinquième journée de travail sur le chantier de sa nouvelle maison.

Le projet allait bon train. Avec l'aide de deux ouvriers, Fernand avait creusé, à même la pente qui descendait vers la rivière, ce qui deviendrait la cave de la maison. Horence Desnoyers avait fourni son cheval pour la grosse partie du creusage, tandis que les autres ouvriers, armés de pics, de pelles et de pioches, déblayaient la terre et les galettes de glaise bleue. L'effort était soutenu et le labeur avait été couronné de succès en cinq jours seulement. Soutenues par des madriers édifiés à la verticale, des planches embouvetées à l'horizontale avaient emprisonné le mélange de ciment et les murs du solage avaient pris forme. Les jours de soleil et de chaleur qui s'étaient succédé avaient accéléré le séchage et Fernand fut content de constater qu'il avait la nature de son bord.

Ce matin, il fallait démonter et nettoyer les madriers du ciment séché et construire le premier plancher de la maison avec le bois récupéré.

Fatigué mais heureux, Fernand se dirigea vers le bac de compostage. Il y jeta les déchets, déposa le seau vide à côté, s'empara de la fourche qu'il gardait toujours plantée dans le tas d'ordures et entreprit de remuer le contenu du bac. Une odeur forte monta du mélange, effluves de terre et de légumes pourris, signe que les bactéries faisaient leur travail. Sortant d'un minuscule orifice, deux petites souris brunes détalèrent. Fernand sourit en pensant aux cris qu'Henriette pousserait si elle apercevait ces bestioles. Une fois sa tâche terminée, Fernand ramassa le seau vide qu'il alla déposer sur la galerie. Il repartit aussitôt et se dirigea vers le chemin de fer, dont la ligne courbe l'amena au terrain où les ouvriers s'affairaient déjà.

— Bonjour Fernand ! lança Jacques Brien, un jeune homme dans la vingtaine aux cheveux roux et à la moustache de la même couleur.

— Déjà là ? dit Fernand.

— Y va faire tellement chaud, aujourd'hui... Vaut mieux commencer pendant que la température est plus fraîche.

— T'as raison.

Fernand leva le menton et scruta le chemin menant à la rue Notre-Dame par lequel son ami Philippe arrivait toujours.

— Philippe est pas là ? s'inquiéta-t-il. C'est pas son genre d'arriver le dernier.

— Y doit être trop bien, collé sur sa belle Jeanne, s'amusa Jacques.

Les autres rirent de l'allusion avant de se remettre au travail.

✳

Pendant ce temps, au logis, Henriette avait terminé sa besogne et installait Maurice dans le parc que Fernand avait fabriqué en bois d'érable. La jeune mère avait étalé quelques jouets autour du bambin qui, depuis qu'il avait fait ses premiers pas, ne pensait qu'à se promener et à fouiner partout. Il était en sécurité dans ce petit cubicule et Henriette pouvait accomplir ses tâches plus aisément.

Sans attendre, la mère de famille s'installa à la machine à coudre et entreprit de terminer la confection de couches de coton.

Maurice s'amusait avec un petit camion en bois rouge en le frappant sur le sol. Le ronron de la machine se mariait aux gazouillis de l'enfant et Henriette, absorbée dans sa tâche, n'entendit pas les coups frappés. Quand la porte s'ouvrit, elle sursauta et ne put retenir un petit cri de stupeur.

— Pardonnez-moi ! dit un inconnu en passant la tête dans l'entrebâillement.

Il était revêtu de la soutane noire des clercs de l'Église.

— Madame Dupré, j'imagine ?

— C'est moi.

— Je m'appelle Daniel Vigneault, je suis le nouveau curé, annonça-t-il.

— Le curé Brosseau est parti ?

— Depuis hier soir, il est à l'hôpital, expliqua le visiteur.

— Mais entrez ! l'invita Henriette en délaissant sa machine à coudre.

Elle lui désigna une chaise près de la table. Le prêtre la remercia d'un geste de la main, préférant s'approcher de Maurice, debout parmi les jouets épars, qui s'agrippait fermement à la barrière qui fermait le petit enclos.

— C'est votre fils ?

— Oui. Il s'appelle Maurice.

— Vous avez d'autres enfants ?

— Pas encore, précisa-t-elle en portant les deux mains sur son ventre. On en a perdu un, y a pas longtemps, termina-t-elle en baissant la tête.

— C'est pas grave ! L'important, c'est que vous soyez en santé. Des enfants, vous en aurez d'autres.

Au ton de la voix juvénile, Henriette releva le menton.

Le nouveau curé la fixait de ses yeux couleur d'ambre. Avec ses cheveux courts et tirés vers l'arrière, son sourire qu'accentuaient deux fossettes sur ses joues, il paraissait très jeune. La peau claire, les lèvres minces, les mains aux doigts fins, tous ces détails lui rappelèrent son frère Gaston.

Au souvenir de ce dernier et de son homosexualité cachée, Henriette se raidit.

« Se pourrait-il que ce prêtre soit comme lui ? », songea-t-elle.

— Je voulais parler à votre mari, déclara le prêtre.

— Il est au chantier de la nouvelle maison.

— C'est loin d'ici ?

— Si vous passez par le chemin de fer, c'est à dix minutes à pied.

— Alors j'y vais de ce pas, dit l'aumônier en se levant.

Il tendit la main à sa paroissienne.

— Je suis heureux d'avoir fait votre connaissance, dit-il.

Gênée par cette affabilité peu coutumière de la part d'un prêtre, Henriette hésita avant de s'emparer de la main tendue.

L'abbé quitta les lieux, non sans avoir pris la peine de poser la main sur la tête de Maurice qui, levant les yeux vers le visage souriant, chancela un moment avant de tomber sur son postérieur.

Maurice éclata en sanglots tandis que le prêtre s'amusait de sa mésaventure.

Henriette fut aussitôt près de lui, le prit dans ses bras en tentant de le calmer avec des mots tendres.

Le prêtre prit congé d'un signe de la main et repartit sans plus attendre en direction du chemin de fer tout près. Devant lui, le rude chemin de cailloux et d'acier serpentait comme le lit d'un torrent à sec. Le curé hâta le pas, impatient de faire la connaissance de cet homme dont on disait grand bien et qui, il en était certain, deviendrait un élément important de son projet.

Chapitre 8

Le projet

Le soir, Fernand était rentré au bercail, le visage, le cou et les avant-bras rougis.

— T'as pris un coup de soleil ! Je t'avais dit de faire bien attention, le réprimanda Henriette en appliquant des compresses d'eau fraîche sur la nuque de son mari qu'un violent mal de tête incommodait.

— J'ai fait de mon mieux.

— T'as pas porté ton chapeau de paille ?

— Ben sûr, mais le soleil du matin est aussi fort que celui de l'après-midi. Et puis, y fait chaud avec un chapeau sur la tête. Qu'il soit en paille ou pas.

Assis sur le bord du lit, Fernand ferma les yeux. Une douleur lancinante lui vrilla le front et il y porta la main.

— Qu'est-ce qu'il voulait, le nouveau curé ? questionna sa femme en refermant le pot de crème Noxzema.

— Me demander de devenir commissaire.

— Commissaire d'école ?

— Oui.

— Ça te tente ?

— Je vais voir... Comme je lui ai dit, j'aimerais mieux proposer ma candidature au comité de crédit, à la caisse Desjardins.

Ce mouvement corporatif, mis sur pied par Alphonse Desjardins en 1920 et venant en aide aux gens de la classe moyenne qui avaient besoin d'un prêt hypothécaire pour devenir propriétaires d'une maison, était une véritable révolution pour les Canadiens français dont les demandes étaient le plus souvent rejetées par les banques. On ne prêtait généralement qu'à une élite anglophone qui détenait le monopole des affaires au Québec. C'était à cause de ces inégalités que des partis politiques comme le Bloc populaire voyaient le jour et condamnaient la mainmise des Anglais sur l'économie de la province.

— Tu pourrais faire les deux.

— Peut-être, mais ça va me demander d'assister aux réunions au moins quatre fois par mois. Et puis, ça se fait toujours le soir. Je voudrais pas te laisser trop souvent seule à la maison.

— Tu sais bien que Maurice est couché dès sept heures. Pis j'ai pas besoin de toi pour coudre ou tricoter.

À genoux derrière son mari, son ventre collé contre le dos de celui qui ne manquait jamais une occasion de bercer Maurice et de se lever la nuit quand le bébé se réveillait en pleurs, victime d'un cauchemar, Henriette éprouva un sentiment de bien-être teinté de gratitude.

Depuis leur mariage, jamais ils n'avaient failli à leurs promesses. Leur relation était faite de tendresse, d'affection profonde, mais aussi de respect et de dévouement.

Henriette entoura son mari de ses bras et déposa un baiser sur sa joue. Fernand lui sourit.

— T'es fine de prendre soin de moi comme ça.

— Après tout ce que tu fais pour nous… répliqua-t-elle d'une voix douce.

Fernand la serra contre lui. Leurs lèvres se cherchèrent d'abord puis se trouvèrent, et ils eurent tôt fait de s'étendre sur le lit, dont le sommier de métal grinça sous leurs poids.

— Je t'aime, déclara Fernand, ses yeux brillants de désir.

— Je t'aime aussi, répondit Henriette en lovant ses jambes autour de celles de l'homme que le destin lui avait donné en cadeau.

Les amants s'embrassèrent longuement, laissant vagabonder leurs mains sur leurs corps à moitié nus.

Comme on apprivoise un animal sauvage, Fernand flatta le ventre de sa femme.

— Le prochain, ça va être un garçon ou une fille, tu penses ? demanda-t-il.

—Je sais pas…

Henriette prit la main de Fernand et la plaça sur son sein. Lorsque les doigts touchèrent le mamelon, le bout se raidit. Un désir aussi violent qu'un vent d'orage balaya le mal de tête de Fernand. Il pressa son corps contre celle qui s'offrait déjà à lui sans retenue.

Fernand étendit le bras et éteignit la lampe de chevet.

L'obscurité s'abattit sur la pièce en même temps que le silence. Les époux se laissèrent prendre par une vague déferlante qui emporta bien vite le devoir conjugal pour laisser place à l'amour et à la passion. Quand l'acte fut consommé, après un dernier baiser, Henriette et Fernand se séparèrent, chacun retrouvant sa place de chaque côté du lit. Henriette observa un long moment le croissant de lune suspendu dans l'encadrement de la fenêtre ouverte par laquelle, poussé par la brise, un parfum de fleur pénétrait dans la chambre en même temps que les stridulations incessantes des criquets. Dans cette nuit qui s'installait avec sérénité, tout paraissait beau à Henriette. Elle cala sa tête dans l'oreiller avant de fermer les yeux.

Chapitre 9

L'étranger

Juillet et ses canicules avaient laissé place à un mois d'août pluvieux. Dans les fermes aux alentours, les cultivateurs avaient peine à récolter le foin et les céréales, que le poids des averses faisait plier.

La construction de la maison allait bon train et Fernand s'attendait à pouvoir y emménager au plus tard à la fin novembre. Il avait d'ailleurs déjà avisé le propriétaire de son logis de chercher un autre locataire.

Henriette revenait de chez le boulanger, tenant fermement le poignet de Maurice.

Tout le long du chemin, le petit curieux ne manquait aucun détail, s'amusant à montrer du doigt des insectes et quêtant l'attention de sa mère, qui se faisait un plaisir de lui enseigner des nouveaux mots.

—Mou-che, articulait-elle pour bien se faire entendre.

—Mouch… répétait le gamin.

— A-rai-gnée, dit-elle encore.

— … ré-né… tenta Maurice.

L'attention du bambin fut attirée par un merle qui venait de se percher sur une clôture non loin. Sans crier gare, le temps d'un battement de cils, l'enfant échappa à la vigilance de sa mère et courut vers l'oiseau, au moment même où une voiture tournait le coin de la rue.

Henriette écarquilla les yeux, tandis qu'une terreur sans nom l'envahissait.

— MAURICE !!!

Le cri se répercuta en échos alors que les pneus crissaient sur l'asphalte. Un nuage de poussière enveloppa le petit garçon qui venait de choir sur la chaussée. Le conducteur de la voiture s'en éjecta comme si une mouche l'avait piqué. Il était déjà penché sur l'enfant quand Henriette, morte d'angoisse, s'approcha de son fils à son tour, priant le ciel.

Elle soupira d'aise en l'apercevant assis par terre, pleurant à chaudes larmes, un mince filet de sang coulant sur son genou gauche.

— C'est seulement une petite *scratch*. Je crois qu'il a eu plus de peur que de mal, la rassura le chauffeur, avec un accent anglais à couper au couteau.

L'homme aida le bambin à se remettre sur ses pieds, non sans avoir épongé le sang avec un mouchoir qu'il avait sorti de la poche de son veston. Du revers de la main, il enleva aussi la poussière qui s'accrochait à la veste du bambin.

Maurice courut aussitôt se réfugier entre les bras de sa mère, qui pleurait de soulagement.

— Pardon… Je l'ai pas vu, s'excusa l'étranger.

Henriette était trop troublée pour dire ou faire quoi que ce soit et essaya de répondre calmement, mais aucun son ne sortit de sa gorge nouée.

L'homme fit un pas vers elle, mais elle recula instinctivement, comme si deux aimants aux pôles identiques se rapprochaient. Elle se concentra sur les battements intempestifs de son cœur, mettant ce malaise sur la peur qu'elle avait éprouvée quelques secondes auparavant.

L'inconnu lui parla d'une voix basse et pressante.

— Ça s'est passé si vite… Je ne l'ai pas vu du tout…

Henriette leva enfin les yeux vers celui qui se dressait devant elle, maîtrisant avec peine la colère qui la possédait tout entière. Certaines paroles hurlèrent dans sa tête, atteignirent sa bouche, mais elle parvint à les arrêter juste à temps.

— Je n'ai pas voulu… tenta-t-il encore.

Le visage au teint clair faisait ressortir le brun foncé de sa chevelure aux boucles soyeuses. L'habit, d'une coupe impeccable, démontrait une certaine aisance financière. La chevalière en or qui brillait à l'annulaire de sa main droite confirmait le tout.

« Cet homme est très riche », songea la jeune femme.

Henriette lorgna vers la voiture qui aurait pu faucher la vie de son fils. C'était une automobile américaine, une Studebaker Commander Regal bleu ciel, ornée d'enjoliveurs chromés à son extrémité avant, sur ses ailerons et ses feux arrière ronds.

Elle se rappela en avoir entendu parler par son mari, après une de ses visites hebdomadaires à la quincaillerie où il aimait aller flâner les samedis matin :

« Cette Studebaker est magnifique. On peut pas la manquer, y en a juste une comme ça dans le coin. J'te dis que ça provoque l'envie de bien des hommes du village… »

Henriette n'avait prêté qu'une oreille distraite à ces commentaires. Elle chercha à se rappeler si Fernand avait mentionné qui en était le propriétaire.

Ça y est ! Elle se souvenait maintenant ; il avait dit qu'il s'appelait Miles… Ross Miles. Un Américain, un artiste. Un peintre qui venait donner des cours au Moulin des Arts de monsieur Dufresne…

— Voulez-vous que je vous raccompagne chez vous ? demanda l'inconnu, sortant Henriette de ses songes.

— Non, merci.

Comprenant que sa présence était devenue intolérable à cette mère qui ne voyait en lui qu'un chauffard, Ross Miles décida de ne pas s'imposer davantage.

— Encore toutes mes excuses, conclut-il en reprenant place dans sa voiture.

Il démarra lentement, prenant bien soin de vérifier si le garçonnet était en sécurité près de sa maman. Il osa un dernier salut à cette jolie femme aux yeux magnifiques. La moiteur inhabituelle de ses mains sur le volant le surprit et il en mit la faute sur la peur d'avoir blessé l'enfant. Il ne put cependant s'empêcher de jeter un dernier coup d'œil dans le rétroviseur, se ravissant de la vue de la silhouette de cette femme se détachant sur le ciel qu'une rangée de nuages, chargés de pluie, plombait.

Il admira la démarche assurée de cette belle inconnue, le galbe de ses jambes, la courbe de ses hanches pleines. Qu'avait-elle de si particulier pour faire ainsi battre son cœur et mettre ses sens en émoi ?

L'artiste en lui voulut la revoir. L'homme voulut la connaître.

« Je dois savoir qui elle est… », murmura-t-il.

Il manœuvra sa voiture d'une main habile et s'engagea à droite dans la rue Sainte-Cécile.

Chapitre 10

Louise

Henriette était encore toute pâle quand elle arriva chez elle. Une voiture noire garée devant la galerie lui fit comprendre que quelqu'un l'attendait. Quand elle mit les pieds sur l'allée gravillonnée, la portière s'ouvrit aussitôt et sa sœur Rose-Aimée en sortit comme si elle avait le diable aux trousses.

— Où étais-tu ? Je t'attends depuis au moins quinze minutes ! la semonça-t-elle.

— Tu m'avais pas dit que tu viendrais, se défendit Henriette.

La portière du chauffeur s'ouvrit pour laisser sortir un homme de haute stature, au visage recouvert d'une barbe épaisse, comme celles que portent les bûcherons l'hiver dans les chantiers pour se protéger du froid. Le col entrouvert de sa chemise laissait entrevoir un torse velu.

— C'est Samuel, un copain de Rolland, le présenta sa sœur.

Henriette jaugea du regard celui qui, elle ne le savait que trop bien, devait être davantage un copain de taverne de son soûlon de beau-frère qu'un confrère de l'usine Stainless Steel de Roxton Ponds, où vivaient sa sœur et ses cinq enfants.

— J'ai besoin de ton aide, lança Rose-Aimée sans attendre.

— Si c'est de l'argent, je peux pas, la prévint Henriette.

— Est-ce qu'on peut aller parler dans la maison ?

Henriette hésita. Elle n'aimait pas le visage de celui qui accompagnait sa sœur. Cette dernière vit le regard perplexe d'Henriette et comprit que Samuel n'était pas le bienvenu.

— Peux-tu m'attendre ici ? demanda Rose-Aimée. Ça sera pas long.

Avec un soupir exaspéré, l'homme se soumit. Il referma la portière, marcha vers l'arrière de la voiture et s'y appuya nonchalamment. Il sortit un paquet de cigarettes Export A de la poche de sa chemise de coton, enfouit sa main dans la poche de son pantalon, en sortit un gros briquet Flip Top qu'il alluma aussitôt. Une flamme en jaillit et Henriette craignit qu'elle ne mette le feu à la barbe hirsute du chauffeur quand ce dernier l'approcha de son visage.

— On y va ? s'impatienta Rose-Aimée.

Henriette obéit. Elle se hâta vers la galerie où Maurice grimpait déjà allègrement les trois marches le séparant de son petit cheval à bascule en bois qu'il enfourcha aussitôt.

Henriette prit la clé attachée à la ceinture de sa robe de coton bleu pâle, l'inséra dans la serrure et ouvrit la porte.

À l'intérieur, les rideaux fermés avaient gardé les pièces dans la pénombre et il y faisait frais. Une bonne odeur de poulet qui cuisait lentement dans le four leur titilla les narines.

Sur la table, un gros bouquet de glaïeuls, les fleurs préférées de la maîtresse de maison, cueillis à même le jardin, étalaient leur palette de couleurs.

Henriette désigna une chaise à sa sœur, mais celle-ci refusa.

—J'ai pas le temps.

—Qu'est-ce qu'y a donc de si pressé? demanda Henriette.

—Rolland est en prison, lâcha enfin sa sœur avant de fondre en larmes.

Stupéfaite, Henriette la fixa sans rien dire.

Qu'avait donc fait le beau-frère pour aller croupir dans une cellule?

—Y a tué personne, au moins?

—Non, la rassura Rose-Aimée en essuyant les larmes qui mouillaient ses joues. Il s'est battu…

— À la taverne ?

— Où veux-tu que ce soit d'autre ? Y est toujours là ! Tous les soirs que le bon Dieu amène…

— Ou que le diable y mène, coupa sa sœur qui connaissait depuis toujours le penchant de son beau-frère pour la bouteille.

— C'est pas drôle ! s'offusqua Rose-Aimée qui trouvait qu'Henriette prenait bien à la légère le drame qui la frappait.

— T'es venue jusqu'ici avec ce… Samuel, en voiture, pour me raconter ça ? s'impatienta Henriette.

— Rolland doit de l'argent, avoua enfin Rose-Aimée en baissant la tête. Beaucoup d'argent…

— Combien ?

— Je sais pas, mais assez pour que le propriétaire du logement nous jette à la rue, mes enfants pis moi.

La nouvelle fit sur Henriette l'effet d'une bombe.

— Y a pas le droit de faire ça ! C'est pas humain…

— Y a tous les droits… coupa sa sœur en lui jetant un regard furibond. Les riches ont toujours tous les droits sur les pauvres.

Henriette se tut un moment.

Sa sœur avait raison. Il y avait les riches et il y avait les autres. Les nouvelles politiques unionistes de Maurice Duplessis avaient pourtant laissé croire que le peuple canadien-français tirerait peut-être un peu plus la couverture du bon bord. Hélas ! entre les promesses électorales et la réalité, il y avait encore un énorme fossé à franchir.

— Rolland devrait changer... osa-t-elle.

— Toi qui as vécu avec maman plus longtemps que tous les autres enfants de la famille, tu te rappelles pas quand papa revenait saoul comme une botte à la maison après avoir dépensé tout l'argent de la vente des chevaux? Pauvre maman, elle n'avait plus une maudite cenne noire. Pourquoi tu penses qu'on a crissé notre camp de la maison au plus sacrant? On n'en pouvait plus de vivre dans la misère et dans la honte d'avoir un père pareil.

— Disons que t'as pas trouvé bien mieux que papa...

— J'ai pas besoin de ton avis là-dessus. J'ai fait une erreur. Je le reconnais. J'ai pas besoin que les autres mieux nantis que moi me fassent la morale. Toi, t'as été chanceuse. Ton Fernand, lui, y boit pas, y fume pas, y court pas la galipote. C'est un bon homme. C'est pas donné à tout le monde de gagner le *jackpot*...

Rose-Aimée se tut et ravala ses larmes en relevant la tête.

— Moi, j'ai pas acheté le bon ticket. Alors je fais de mon mieux avec ce que j'ai...

Elle se tut un moment avant de poser la question qui l'avait menée jusque-là:

— Pourrais-tu garder ma petite Louise chez toi ? Le temps que je me trouve un nouveau logis et aussi du travail ? quémanda-t-elle.

Henriette se raidit. La situation de Rose-Aimée l'attristait profondément. Devoir se séparer de ses enfants devait être une tâche terrible.

— Où penses-tu travailler ?

— Je sais pas encore, mais quand j'aurai placé tous mes enfants, ça va être plus facile de me trouver une bonne job.

— Pauvre toi, souffla Henriette en s'approchant de sa sœur et en posant une main affectueuse sur ses avant-bras qu'elle tenait serrés sur sa poitrine.

— J'ai tellement honte… Si tu savais… avoua Rose-Aimée.

Ses sanglots redoublèrent.

— C'est pas toi qui dois avoir honte, c'est ton mari, la réconforta sa sœur. Toi, t'as rien à te reprocher…

Henriette imaginait le désespoir qui devait anéantir les rêves de bonheur de celle qui avait choisi un bien mauvais mari.

« L'amour rend aveugle », répétait souvent sa mère, Clara, lorsque ses filles ne voulaient pas entendre la voix de la raison, obnubilées qu'elles étaient par les yeux doux de ceux qui savaient les manipuler à leur guise.

Henriette se félicita de ne pas avoir choisi l'amour. Son mariage avec Fernand avait été une union d'intérêt et d'arrangement empreint d'affection, de respect et de tendresse.

Le coup de foudre, l'amour passionné, Henriette n'y avait jamais goûté.

En jeune fille raisonnable, elle n'avait prêté qu'une oreille distraite aux propos enjôleurs des quelques garçons qu'elle avait fréquentés.

« L'amour, c'est pas juste des belles paroles… », répétait souvent sa mère.

Henriette songea à la relation de couple qu'elle vivait avec son mari et se félicita d'avoir écouté les sages conseils de sa défunte mère.

— Je dois en parler à Fernand avant de te donner une réponse, dit-elle enfin.

— J'ai pas le temps, la pressa sa sœur. Je dois te laisser Louise tout de suite. Sinon, ils vont venir la chercher pour la placer au pensionnat.

— Qu'est-ce que tu me racontes là ?

— Le curé de Roxton a parlé à la mère supérieure du couvent et ils ont décidé de mettre ma fille au pensionnat si personne de ma famille l'accueille avant la semaine prochaine.

Henriette haussa les sourcils d'incrédulité.

— Ben voyons donc !

— Y faut que tu la gardes ! Je veux pas qu'elle aille en pension ! s'écria-t-elle.

Au même instant, Fernand entra dans la maison, Maurice sur ses épaules. D'un seul coup d'œil, il constata le désarroi des deux filles Camirand. Il comprit qu'un drame se vivait et s'empressa de questionner Henriette qui lui expliqua brièvement la situation.

Le long silence qui plana dans la pièce n'augurait rien de bon pour Rose-Aimée. Elle nota les lèvres pincées, les sourcils formant un V menaçant au-dessus du regard sévère que son beau-frère posait sur elle. Elle voulut prononcer quelques mots, mais ils se coincèrent dans sa gorge. Elle toussa deux fois pour faire bonne contenance, mais surtout pour enlever le poids qui oppressait sa poitrine.

—Je comprends que vous vouliez pas. Je comprends... marmonna-t-elle en baissant la tête, penaude, et en retraitant vers la sortie.

— On va la garder, ta petite Louise. En attendant que ça se replace pour toi, annonça enfin Fernand.

Henriette regarda son époux avec une infinie reconnaissance.

— Les enfants devraient pas être obligés de payer pour la faute de leurs parents, ajouta Fernand d'un ton dur.

Rose-Aimée hocha la tête en signe d'assentiment et sortit chercher Louise, qui attendait sagement sur la banquette arrière de la voiture de Samuel.

Chapitre 11

L'invitation

Le plancher et les murs de la maison avaient été érigés en quelques jours seulement.

— Une fois les fenêtres et les portes installées, ne restera plus que le toit à recouvrir de papier goudronné, avait déclaré Fernand avec fierté.

Le bâtiment avait déjà belle allure avec son perron de ciment à l'entrée principale, dont les quatre marches invitaient les futurs locataires à s'y asseoir quand ils s'y rendaient lors d'une promenade du dimanche. Fernand projetait aussi la construction d'une galerie sur la façade est de la demeure.

— Elle sera haute et les enfants pourront jouer en dessous, dans le sable, même quand il pleuvra, avait-il expliqué à sa femme assise près de lui.

— Tu pourras y remiser ton bicycle et ceux des enfants aussi, avait renchéri Henriette.

— Bonne idée !

Henriette n'avait pas raté une seule occasion de prêter main-forte à Fernand, marchant avec Maurice en direction de la maison dans laquelle il lui tardait d'emménager.

Le soleil de ce début d'octobre dardait des rayons moins ardents sur le potager où les carottes, les choux, les navets et les patates seraient bientôt à récolter.

Depuis son arrivée chez les Dupré, Louise fréquentait l'école du village, où Fernand s'était empressé de l'inscrire dès le lendemain de son arrivée. La réticence de la religieuse avait fondu comme neige au soleil quand elle avait appris le triste sort de l'enfant.

Fernand, pour sa part, avait repris le travail à la manufacture. Il avait aussi accepté l'invitation du nouveau curé et se rendait, toutes les deux semaines, à une réunion des commissaires. Sa candidature au comité de crédit de la caisse avait également été acceptée. Tout ça faisait de lui un homme très occupé.

Ces réunions lui enlevaient, certes, des heures précieuses à faire avancer les travaux de finition de la maison, mais Henriette lui rappelait que même si elle était une femme, elle avait deux mains et était capable de tenir un pinceau ou un marteau.

— Quand les hommes auront compris que de laisser faire leurs femmes les aidera, ça leur enlèvera de la fatigue sur les épaules et ils se sentiront beaucoup plus libres.

Ces paroles pleines de sagesse, Fernand les comprenait, mais, hélas, la société n'était pas encore prête à laisser les commandes, quelles qu'elles soient, entre les mains du sexe faible.

— Y a trois sortes de monde qui peuvent pas signer de contrat, avait clamé son frère Ernest, un jour à la manufacture. Les enfants, les fous et les femmes !

Il avait conclu son discours dans un rire gras que plusieurs ouvriers avaient imité.

Fernand n'avait pas ri, pas même souri, trouvant ces propos dégradants, voire méchants. La servitude infantile dans laquelle la société gardait les femmes lui laissait un goût amer.

« Sa pauvre femme… Comme je la plains », avait-il songé en pensant à celle qui cumulait les grossesses.

Il avait eu un élan de sympathie pour celle qui avait triste mine et qui gardait constamment le regard baissé lors des rares fois où elle assistait à la grand-messe du dimanche.

Il accusait son orgueilleux frère de la garder recluse à la maison. Pauvre petite femme sans beauté ni charme, toujours vêtue de noir, son corps rondelet serré dans des vêtements trop petits.

Henriette la plaignait aussi.

Pourtant, on la disait forte et courageuse, entièrement dévouée au bien-être de ses fils qu'elle chérissait tendrement.

Au travail, Fernand avait réussi à faire fi de la présence d'Ernest, faisant des détours pour ne pas le croiser ou ne pas passer devant son bureau.

Depuis le départ de Philippe, et surtout depuis la construction de la maison, le cadet de la famille Dupré s'était fait de nouveaux amis.

Il aimait particulièrement la compagnie du cordonnier, chez qui il allait souvent, prétextant vouloir lui demander conseil sur une semelle à réparer ou une courroie de cuir à percer. L'artisan l'accueillait toujours avec joie et les deux hommes parlaient de politique, d'économie et de tous ces sujets qui fascinaient de plus en plus Fernand.

Un vendredi soir, le cordonnier lui demanda s'il connaissait l'Ordre de Jacques-Cartier.

— Ça me dit rien, dit Fernand.

— Le curé Vigneault t'a pas encore parlé ?

— Non… Pourtant je l'ai vu à la réunion des commissaires, pas plus tard que jeudi soir dernier.

— Alors, c'est qu'il en a pas eu le temps.

— C'est quoi ça, l'Ordre de Jacques-Cartier ? demanda Fernand, curieux.

— Je peux rien te dire. C'est au curé à le faire.

— Mon Dieu, ç'a donc ben l'air secret ! s'amusa Fernand.

L'air sévère de Pierre Chenevert le surprit et il cessa de rire.

— C'est très sérieux. N'en parle à personne avant que le curé t'ait expliqué. Pas même à ton Henriette.

— Vous me faites peur… commença Fernand, qui n'aimait pas les mystères et les affaires nébuleuses.

— Fais ce que je te dis, Fernand. Tu comprendras plus tard. Promets-le-moi.

— Je vous le promets, dit-il, continuant de vouvoyer celui qui était de dix ans son aîné.

— Tout le monde dit que tu es un homme de parole et de confiance. Si le curé te choisit, c'est parce que tu es un bon catholique, un homme loyal et honnête sur qui on peut compter.

Fernand rougit sous les compliments. Mal à l'aise, il joua nerveusement avec le petit soulier de Louise dont l'un des œillets était brisé. Il le tendit au cordonnier qui l'examina d'un œil expert.

— Je vais te faire ça tout de suite, ça va prendre deux minutes, déclara-t-il.

— Je dois aller à la maison, j'attends le livreur de prélart. Je viendrai le chercher demain.

— Comme tu voudras.

Le cordonnier rangea la petite chaussure sur une tablette sur le mur tout près.

— Ça avance, la construction ? s'enquit-il.

— Je pense bien qu'on va pouvoir déménager au début du mois de novembre. Enfin, j'espère ! J'aimerais pas déménager quand il va neiger.

— Du moment qu'il pleut pas non plus. En novembre c'est quand même risqué, dit le cordonnier.

— On n'a plus vraiment le choix. J'ai tellement hâte qu'on soit installés pour de bon. Henriette aussi.

— Je suis bien content de savoir que vous déménagez sur la rue Saint-Jean-Baptiste. C'est pas loin. Deux coins de rue... Tu pourras venir jaser avec moi plus souvent.

— Certain ! déclara Fernand, qui aimait la compagnie de cet homme à la fois simple et instruit.

Sur un salut, Fernand prit congé de son ami le cordonnier et se hâta vers la quincaillerie où il savait retrouver certains compagnons de travail qui, comme lui, aimaient s'y regrouper pour échanger et discuter de leurs conditions d'employés ou, tout simplement, jaser de tout et de rien.

Chapitre 12

Au presbytère

— Ce dont je vais vous parler doit rester entre vous et moi, commença le prêtre.

Il fit une pause, appuya ses coudes sur le bureau devant lui et joignit les mains.

Fernand en profita pour l'examiner un peu. Le visage d'un ovale presque parfait, les lèvres minces, le visage glabre, les yeux en amande frangés de longs cils recourbés lui donnaient un air juvénile.

« Pas étonnant qu'il soit populaire auprès des femmes », songea Fernand en se rappelant les potins échangés par ses consœurs de chorale au sujet de ce nouvel abbé qu'elles comparaient à un ange descendu du ciel.

— Même pas à votre femme, ajouta l'aumônier en le fixant droit dans les yeux.

Fernand acquiesça du chef, non sans avoir affiché un air perplexe qui n'échappa pas au curé Vigneault.

— Il faut me le jurer d'abord.

— Je vous le jure, monsieur le curé.

— Sur la Bible, dit le prêtre en désignant le livre saint placé bien en évidence sur le coin du pupitre.

Fernand y posa la main droite et jura pour la seconde fois.

Rassuré, le curé se détendit et s'adossa à la chaise.

— Vous avez été choisi pour faire partie de l'Ordre de Jacques-Cartier. Vos qualités de bon catholique pratiquant, votre loyauté et votre honnêteté font de vous une recrue idéale pour notre projet.

— Quel projet ? demanda Fernand, sceptique.

— Laissez-moi d'abord vous poser quelques questions pour bien confirmer notre choix…

Fernand aurait bien aimé savoir ce que ce « notre » signifiait. Quel était ce regroupement de mystérieux individus dont le prêtre était l'émissaire ? Que voulaient-ils de lui ? Pourquoi autant de secrets ? S'agissait-il d'un groupe de communistes ?

« Ils n'auraient pas mandaté un curé catholique pour t'approcher », susurra une petite voix en lui.

« Et si c'était pour tester ma foi ? », songea-t-il, inquiet.

— Pourquoi vous impliquez-vous dans le comité de crédit de la caisse Desjardins ? commença l'abbé.

— Parce que, vu que les banques ne prêtent pas aux Canadiens français, c'est la seule façon de pouvoir emprunter pour devenir propriétaire d'une maison à soi, répondit le plus calmement possible Fernand, dont les mains moites jouaient nerveusement sur les bras du fauteuil de cuir sombre sur lequel il avait pris place dès son arrivée.

— Quel est votre rôle comme commissaire d'école ?

— Voir à ce que tous les enfants aient la chance de recevoir une bonne instruction, dans les meilleures conditions et avec les meilleurs professeurs possible.

— Une instruction dispensée dans une langue française impeccable et avec un encadrement religieux aussi, ajouta le curé.

— Bien sûr ! Il faut pas perdre notre langue française. Y a assez d'Anglais au pays qu'à mon avis, si on fait pas attention, on va perdre notre français.

Le curé sourit, satisfait d'avoir tiré le bon numéro en choisissant Fernand Dupré. Il se leva, immédiatement imité par son visiteur.

— Rassoyez-vous, je n'ai pas terminé, lui ordonna-t-il en appuyant sa phrase d'un geste de la main.

Fernand obéit.

— Je reviens dans une minute, annonça le curé en quittant la pièce.

Demeuré seul, Fernand baissa le front. Cette entrevue le perturbait au plus haut point. Jamais encore il n'avait eu à répondre à des questions qui l'obligeaient à prendre position face aux enjeux sociaux.

La province de Québec, sous l'autorité de Maurice Duplessis, voyait ses institutions religieuses prendre de plus en plus de place dans le quotidien des gens. Avec les vêpres, les jeûnes, le carême, les premiers vendredis du mois, le mois de Marie, la Fête des morts et ses processions interminables, les défilés de la Saint-Jean-Baptiste, avec son angelot et son agnelet montés sur un char allégorique, le clergé était partout. Les frères du Sacré-Cœur éduquaient les garçons, tandis que les sœurs de Saint-Joseph avaient des couvents dans presque toutes les villes et les villages de la province et dispensaient des cours de la première à la septième année du primaire. Les religieuses de la Présentation de Marie s'occupaient de donner aux filles une instruction de base.

Dans les collèges et au séminaire, on formait les garçons pour de possibles carrières en prêtrise, en médecine ou en droit. L'avenir des jeunes filles se résumait plutôt à un rôle de ménagère et de mère de famille. Pour ces futures reines du foyer, aux cours de catéchisme, de français et d'arithmétique s'ajoutaient ceux de bienséance, de couture, de tricot et d'art culinaire.

Fernand songea à sa chère maman qui avait préféré demeurer vieille fille afin de continuer à exercer sa profession de maîtresse d'école, jusqu'à ce que l'amour la fasse changer d'avis. Fernand eut une pensée pour son père qui devait se morfondre dans la pension où il avait emménagé depuis la vente de sa ferme. Kildare leur rendait visite moins souvent depuis l'arrivée de la petite Louise.

Le dernier dimanche où il était venu dîner, Fernand avait remarqué son air taciturne. Il avait bien tenté de lui tirer les vers du nez pour en savoir un peu plus sur sa nouvelle vie, mais sans grand résultat.

— C'est bien trop petit ici pour loger tout le monde, avait-il laissé tomber quand, une tasse de thé à la main, assis sur la galerie, il regardait le soleil se coucher au-dessus des toits des maisons voisines.

Son fils avait compris le message et s'était fait un devoir de compléter la maison dans les plus brefs délais. Ne serait-ce que pour dissiper ce malaise qui persistait entre son père et lui, et qui les rendait de plus en plus étrangers l'un à l'autre.

Fernand soupira de soulagement en pensant à la maison dont la construction s'achevait et dans laquelle il habiterait dans moins de deux semaines. Il leva la tête et parcourut du regard les boiseries sombres qui ornaient les murs du bureau du prêtre. Son regard s'attarda au portrait du pape, voisinant celui de monseigneur Paul-Émile Léger. Il chercha en vain une photo de Maurice Duplessis, grand ami de ce prélat, mais il n'en vit point.

L'horloge grand-père près de la fenêtre sonna huit coups. Dehors, il faisait déjà nuit et Fernand réprima un bâillement quand le curé Vigneault revint enfin.

— Pardon de vous avoir fait attendre, s'excusa-t-il en reprenant place derrière son bureau.

— C'est pas grave…

— J'ai reçu l'ordre de vous demander de vous présenter à cette adresse, la semaine prochaine, à la même heure, dit-il en lui tendant un billet sur lequel étaient griffonnées des instructions.

Fernand s'en empara et le lut rapidement.

— C'est à Saint-Hyacinthe ? s'étonna-t-il.

— Oui.

— J'ai pas de voiture…

— Monsieur Chenevert vous y conduira.

Fernand se rappela les propos du cordonnier : « Fais ce que je te dis… Tu comprendras plus tard… »

— Surtout, ne dites rien à personne ! Pas même à votre femme ! répéta le curé.

— Ça va être difficile. On se dit toujours tout. Et puis, je suis pas un menteur…

— Personne ne vous demande de mentir ni de raconter des histoires, rectifia le prêtre, agacé par les réticences de sa nouvelle recrue.

— Pourquoi je ferais tout ça sans savoir ?

Le curé poussa un profond soupir. Il ne s'attendait pas à pareille attitude de la part d'un homme que l'on qualifiait d'engagé et de sérieux.

— Si ça peut vous aider ou vous rassurer, l'Ordre a pour but de contrer la mainmise des Anglais sur les institutions canadiennes-françaises. Nous nous devons, comme citoyens, de préserver nos valeurs catholiques et françaises. Et ça commence par l'éducation de nos enfants dans la langue héritée de nos ancêtres et aussi par l'engagement solidaire des Canadiens français face aux gouvernements et aux institutions qui gardent le peuple dans l'ignorance et la misère. Il est temps de mettre le pouvoir entre les mains des Canadiens français…

— Vous parlez comme un communiste, le taquina Fernand.

L'abbé Vigneault afficha un air contrarié.

— C'est aussi pour contrer ces fanatiques de gauche qu'on doit s'allier pour conserver la foi catholique parmi nos ouailles.

Fernand se tut, conscient que sa boutade n'avait pas plu à son hôte.

— Je voulais pas vous offenser, monsieur le curé.

— Ça va… Ça va… Disons que je n'ai rien entendu, déclara le prêtre en se dirigeant vers la porte.

Fernand se leva et le suivit aussitôt.

— Vous verrez, avec l'Ordre, vous trouverez des hommes comme vous, qui ont à cœur de mener à bien la mission de soustraire la province à la tutelle des Anglais et des communistes. Il faut nous redonner la fierté d'être maîtres chez nous.

Le discours enflammé du jeune prêtre fit vibrer une corde sensible dans le cœur de celui qui avait vu s'écrouler ses rêves par la faute des injustices et des inégalités.

—J'irai au rendez-vous, dit Fernand avant de prendre congé du prêtre.

Chapitre 13

La Patente

Assis sur la banquette avant, aux côtés du cordonnier, Fernand se taisait. Les battements intempestifs de son cœur cognaient dans sa poitrine. Il était nerveux. Nerveux et craintif… Sans la présence du curé Vigneault sur le siège arrière, il aurait demandé au chauffeur de faire demi-tour. Pour se détendre, il concentra son attention sur les champs qui s'étalaient près de la route.

À sa gauche, la rivière Noire, ainsi nommée à cause de son eau continuellement boueuse, allait se jeter dans la rivière Yamaska, à la pointe de la presqu'île où se rencontraient les deux cours d'eau.

«Je suis certaine que cette réunion des commissaires est très importante et que tu dois pas la manquer», lui avait conseillé Henriette quand il lui avait annoncé qu'il devait se rendre à une réunion spéciale à Saint-Hyacinthe.

Fernand baissa la tête.

C'était la première fois qu'il mentait à sa femme. Même si c'était pour une noble cause, il se sentait coupable.

— Nous ne pouvons pas confier des secrets de ce genre aux femmes, car elles manquent de discrétion, avait expliqué le curé quand Fernand lui avait fait part de son malaise.

— Vous cautionnez mon péché ? avait répliqué Fernand.

— Ce n'est pas mentir. Disons que c'est plutôt une information…

— … fausse et mensongère, avait coupé Fernand, choqué par le laxisme du prêtre.

— Si c'est pour le bien des Canadiens français et la survie de la religion catholique, Dieu vous pardonnera, avait-il conclu en refermant le bréviaire qu'il tenait ouvert dans sa main.

La voiture arrivait aux limites de la ville de Saint-Hyacinthe où ils avaient rendez-vous. Pierre Chenevert emprunta la rue Girouard, où se dressaient les maisons des riches entrepreneurs et notables de la région.

L'automobile passa devant la demeure de Télesphore-Damien Bouchard, nouvellement nommé sénateur. Fernand remarqua la gloriette située tout près de la rue, à l'extrémité du terrain qui bordait la rivière. Il en trouva l'architecture à la fois élégante et champêtre, et pensa qu'il pourrait en fabriquer une semblable pour son futur jardin. Il sourit à l'image de ses enfants y jouant en plein après-midi d'été, cachés des rayons trop ardents du soleil.

— On est arrivés ! lança le chauffeur en garant sa voiture sur le bord du trottoir.

Le prêtre fut le premier à en sortir, imité par Fernand qui replaça le col empesé de sa chemise autour de son cou. Il vérifia l'état de son veston et, satisfait de son examen, se redressa et bomba le torse.

— Ne sois pas si nerveux, lui murmura le cordonnier en posant une main réconfortante sur son épaule. Ça va bien se passer.

Monsieur Chenevert savait ce qui attendait la nouvelle recrue : une initiation qui saurait révéler les valeurs fondamentales de Fernand Dupré et permettrait de juger de la confiance qu'on pourrait lui accorder. Lui-même n'avait-il pas eu peur de l'inconnu que représentait cette assemblée des commandeurs ? L'initié des premières heures n'avait cependant pas eu la chance de parrainer un nouveau membre. À presque cinquante-six ans, Pierre Chenevert devait laisser la place à plus jeune que lui. Il garderait bien sûr un œil avisé sur son remplaçant, le conseillant à l'occasion quand il le lui demanderait. Et puis, ne fallait-il pas passer le flambeau à la nouvelle génération ? En réfléchissant à tout ça, Pierre Chenevert regretta de ne pas avoir eu de progéniture. Sa main sur l'épaule de son dauphin se fit plus pesante et il éprouva soudain une grande affection pour cet homme qui aurait pu être son fils.

— Ça va bien se passer, répéta-t-il.

Le curé Vigneault se dirigea sur le côté de la maison et s'arrêta devant une porte basse sur laquelle il frappa trois coups secs. Fernand et Pierre attendaient en retrait.

L'obscurité des lieux ajoutait au mystère de cette rencontre. La porte s'ouvrit enfin. Un homme de petite stature aux yeux ronds et aux joues pleines les accueillit.

Aucune salutation ne fut échangée. D'un geste de la main, il invita ses visiteurs à entrer. Avec sa grande taille, le curé Vigneault dut se pencher pour que sa tête n'aille pas cogner la partie supérieure du cadre. Fernand pénétra à sa suite, imité par le cordonnier qui referma la porte derrière lui.

Les trois hommes enlevèrent leur chapeau et le gardèrent entre leurs mains. À la suite de leur hôte, ils empruntèrent un escalier qui descendait vers un sous-sol éclairé par deux ampoules qui se balançaient sous un plafond bas.

Au premier coup d'œil, Fernand crut se retrouver dans un tripot semblable à celui où il avait été jouer aux cartes, quelques années auparavant. Ici, cependant, pas de fumée de cigarette flottant dans l'air, pas de joueurs concentrés sur leurs cartes ouvertes en éventail devant leurs visages, pas de bouteilles d'alcool alignées sur un comptoir. Ici, seulement une table et six chaises placées au centre de la pièce. Sur le mur devant eux, un crucifix était accroché. Des feuilles noircies de lettres et de chiffres s'étalaient aux extrémités de la table, où étaient assis deux personnages à l'allure imposante qui se levèrent à leur arrivée.

— Monsieur Locas et monsieur Gendron, présenta celui qui les avait accueillis.

D'un signe de la main, l'hôte invita les visiteurs à prendre place à des endroits désignés. Ceux-ci s'exécutèrent, non sans avoir placé leur couvre-chef sur une table basse près de l'entrée.

— Merci d'être venu nous rencontrer, monsieur Dupré, commença monsieur Locas. Je devine aisément combien de questions doivent vous passer par l'esprit en ce moment.

Fernand acquiesça en silence, attendant patiemment la suite de cette entrevue.

— Je crois que monsieur le curé Vigneault vous a mis au courant des buts visés par notre ordre, dit monsieur Gendron.

Fernand acquiesça de nouveau. Il fixa un moment le visage aux joues creuses et au regard de feu, ne pouvant s'empêcher de le comparer à celui de son père.

— Si vous êtes ici ce soir, c'est d'abord et avant tout pour prêter serment à l'Ordre de Jacques-Cartier. Mais vous devez aussi savoir qu'il nous faut vous faire subir une forme d'initiation qui nous confirmera votre loyauté et votre intégrité.

Les mains moites de Fernand s'agitaient sur ses cuisses. Il avait beau vouloir faire confiance à ces hommes, tout ce préambule ne lui disait rien qui vaille.

Il osa enfin poser la question qui lui brûlait les lèvres :

— C'est pas une secte, au moins ?

Messieurs Locas et Gendron rirent de bon cœur, imités par le prêtre et Pierre Chenevert.

Vexé, Fernand baissa le menton, comme un enfant pris en défaut, et pinça les lèvres. Il n'était pas venu ici pour se faire ridiculiser.

— Toutes les nouvelles recrues nous posent la même question, répondit enfin celui qui semblait présider la réunion.

Le ton de la voix était franc. Fernand releva le front et plongea ses prunelles sombres dans celles, couleur de ciel d'été, de son interlocuteur.

— Alors expliquez-moi au plus vite, que j'arrête de me faire des idées, répliqua Fernand, un brin impatient.

— Nous allons d'abord, comme le stipule la règle, réciter des prières, déclara le curé qui fit aussitôt son signe de croix, imité par tous les autres.

Les prières s'élevèrent en chœur sous le plafond bas. Quand les voix se turent, les hommes se signèrent pour la seconde fois.

— Nous allons vous expliquer ce qu'est l'Ordre de Jacques-Cartier et surtout pourquoi nous vous avons choisi pour en faire partie, monsieur Dupré, commença monsieur Locas.

*

À la maison, Henriette avait déposé son tricot sur la chaise berçante. Sur la cuisinière, elle avait mis de l'eau à bouillir pour prendre une tasse de thé avant d'aller dormir.

« Fernand en boira sûrement aussi… », songea-t-elle.

La pensée que son mari puisse revenir de la ville avec une haleine avinée lui passa par l'esprit, mais elle chassa vite cette pensée morose.

« Fernand n'est pas comme mon père », se rassura-t-elle.

Elle sortit d'une armoire deux tasses de porcelaine blanche aux motifs d'oiseaux exotiques, cadeau de noces de sa cousine Jeanne, et les déposa sur le comptoir. Elle prit aussi une boîte de thé Red Rose, l'ouvrit, en retira un sachet avant de refermer le tout.

Elle jeta un coup d'œil vers l'horloge suspendue au mur près de l'escalier.

Onze heures…

Jamais encore Fernand n'était rentré si tard. Son absence lui pesait, et elle songea à sa sœur Rose-Aimée, qui avait eu son lot d'attente et de solitude avec son ivrogne de mari.

« Pauvre Rose-Aimée… Je voudrais tellement pas être à sa place », murmura-t-elle dans le silence de la nuit.

Ses pensées volèrent bientôt vers sa benjamine, Estelle. À son souvenir, son cœur se serra.

« Le temps ne guérit rien, il se contente seulement d'ensevelir les émotions », avait déjà dit sa mère.

Comme elle avait raison !

Pourtant, ce soir, dans l'attente du retour de son époux, Henriette ressentait encore une douleur amère. Elle se secoua pour ne pas sombrer dans la mélancolie.

« Estelle a choisi sa vie. J'ai choisi la mienne », s'encouragea-t-elle.

Sa vie…

Celle-ci était réglée de plus en plus au quart de tour par le travail, la famille, les offices religieux et, de plus en plus souvent maintenant, les réunions et les répétitions de la chorale auxquelles Fernand participait.

Henriette compara la vie sociale de son mari à la sienne et s'aperçut qu'à part Maurice, son mari et sa voisine, elle ne fréquentait personne. S'il n'y avait eu le facteur ou le laitier, elle aurait l'impression de vivre en recluse dans sa maison. La présence de sa nièce était certes réconfortante, mais les jours s'écoulaient dans des silences parfois bien angoissants.

L'été, au moins, le silence était rompu par les chants des parulines ou les piaillements des moineaux chamailleurs. Mais lorsque l'automne arrivait, le silence reprenait toute sa sinistre et oppressante place.

Une chance qu'il y avait la radio !

Henriette adorait la musique qui égayait la maisonnée. Ce qu'elle préférait cependant, c'était les radiothéâtres qui la gardaient captive tous les midis et les soirs de la semaine, pendant quinze trop courtes minutes. Après *Jeunesse dorée*, diffusée sur les ondes de CBF, suivait *Rue principale* à CKAC. Les soirs, c'était *Métropole*, écrit par Robert Choquette qui avait signé tous les scénarios de la défunte *Pension Velder*, un des premiers feuilletons et un des plus populaires. Fernand détestait *Un homme et son péché*, dont le personnage de Séraphin – et surtout la manière dont il traitait sa femme, la pauvre Donalda – attisait la colère des auditeurs.

Le couple ne manquait jamais un épisode de la série *Le ciel par-dessus les toits*, écrite par Guy Dufresne et réalisée par Guy Mauffette, diffusée tous les dimanches après-midi à cinq heures pile. Cette émission de trente minutes, mettant en vedette des personnages illustres de la Nouvelle-France, faisait revivre des pages d'histoire et aidait grandement la cause de ses producteurs, le Comité des fondateurs de l'Église canadienne, dont le président était nul autre que le chanoine Lionel Groulx, qui voulait faire la promotion des fondateurs catholiques français.

Fernand aimait les voix des interprètes, Charlotte Boisjoly et Gisèle Schmidt en particulier.

Henriette prit place à la table, s'accouda avant de porter le thé chaud à ses lèvres tout en songeant que l'attente serait moins longue si la voix d'un *speaker* l'accompagnait.

«Mais ça réveillerait les enfants...», songea-t-elle, résignée.

Elle pensa à sa nièce, couchée sur un matelas de fortune posé à même le sol dans un coin de la chambre de Maurice. La pauvre s'accommodait de tout ce qu'on lui offrait sans jamais se plaindre. Henriette admirait le courage de cette enfant à qui le destin capricieux avait donné un père irresponsable.

— Les enfants devraient pas payer pour les bêtises des parents, murmura-t-elle, répétant les mots de son mari.

Henriette ne ratait aucune occasion de gâter la fillette, lui ayant d'ailleurs confectionné une jolie robe en coton rayé bleu et beige qu'elle portait avec fierté. Fernand, lui, passait plusieurs heures auprès de sa nièce, le soir, l'aidant dans ses devoirs scolaires ou encore lui faisant répéter ses tables de multiplication.

Henriette l'avait surpris, une nuit où le tonnerre grondait, dans la chaise berçante, Louise recroquevillée dans ses bras. Il la consolait en fredonnant une mélodie à voix basse. La scène lui avait tiré des larmes.

Des pas sur la galerie la tirèrent de sa rêverie. La porte s'ouvrit doucement et Fernand entra sur la pointe des pieds. Quand il vit sa femme attablée, il lui offrit un sourire las.

— T'es pas couchée ? demanda-t-il en enlevant son chapeau noir, liséré d'un ruban de satin de la même couleur, qu'il accrocha à la patère.

— Je t'ai fait du thé, répondit Henriette en marchant vers le comptoir.

— Eh que t'es fine ! dit Fernand qui se dépêcha d'aller la rejoindre.

Il entoura sa taille de ses deux bras et enfouit sa tête au creux de son cou, cherchant ainsi à lui dissimuler le trouble qui l'habitait toujours.

L'initiation avait duré plus longtemps que prévu. La confiance de Fernand avait été mise à rude épreuve. Sa foi aussi…

L'Ordre auquel il avait adhéré ce soir proposait un projet beaucoup plus grand, beaucoup plus ambitieux qu'il n'aurait jamais pu imaginer. Il était heureux et fier malgré tout de faire partie de ce qu'il devrait dorénavant appeler la Patente, surnom grâce auquel les initiés pouvaient se reconnaître sans se trahir.

— Viens t'asseoir, lui dit sa femme, et raconte-moi ta soirée…

Fernand obéit et demanda pardon à Dieu, au nom de la survie de la nation canadienne-française, pour les mensonges qui franchiraient ses lèvres.

Chapitre 14

La rencontre

Henriette s'affairait ce matin-là à récolter les derniers légumes du petit potager. Une brume légère persistait à dormir dans le jardin.

Le rêve d'habiter une maison bien à eux se teintait de la tristesse de devoir tirer un trait sur une partie de sa vie. Elle effectua lentement un tour complet sur elle-même, embrassant du regard tout ce qui l'entourait: la rue Sainte-Cécile et son long ruban d'asphalte gris qui s'étirait d'est en ouest, la maison de sa voisine, madame Choquette, de laquelle lui parvenaient les cris et les rires des trois plus jeunes enfants restés à la maison, le chemin de fer près duquel s'élevaient les silos à grain de la meunerie Guertin. La semaine précédente, la remise avait déjà été vidée des instruments indispensables à l'entretien du terrain et du potager. Les tondeuse, ciseaux et cisailles, pioches, pelles, râteaux étaient déjà accrochés au mur, près de la fournaise à l'huile, dans la cave de leur nouvelle demeure, où Fernand avait aménagé son atelier de bricolage.

Dans le carré de bois cerclé de broche à poule et rempli à ras bord, les déchets organiques deviendraient, une fois l'hiver terminé, un engrais favorable aux plantations des nouveaux locataires.

« Si jamais ils font un potager... », songea-t-elle.

Henriette cligna des yeux et secoua la tête.

« Tu devrais être heureuse de déménager dans ta nouvelle maison ! », susurra une petite voix.

— Bien sûr que je suis contente, murmura-t-elle, faisant écho à ses pensées moroses.

Elle respira profondément, huma l'air tiède et imprégné de rosée que seuls les premiers jours d'automne peuvent engendrer. Les relents de terre qu'elle avait remuée pour déterrer ses choux montèrent jusqu'à ses narines qui palpitèrent.

Elle fixa un moment le bout de ses chaussures que la végétation perlée d'eau mouillait.

Se ressaisissant, Henriette planta sa pelle dans la terre nourricière, comme si elle avait voulu crever un abcès. Le son étouffé de l'acier mordant la terre meuble la saisit et lui rappela celui de l'instrument du fossoyeur à l'enterrement de sa mère.

Il s'en fallut de peu que ce souvenir lui tirât des larmes, mais elle se retint, se trouvant bête de laisser ainsi vagabonder ses pensées en stériles nostalgies.

— Fernand doit m'attendre, se dit-elle en quittant le potager.

Elle ramassa les outils et les plaça dans une boîte sur la galerie. Il lui tardait d'aller à la maison de la rue Saint-Jean-Baptiste où Fernand, aidé de Philippe, de Pierre Chenevert et d'un autre ouvrier, devait déjà avoir déménagé les plus gros meubles.

Jeanne avait eu l'amabilité de lui offrir de garder Maurice une partie de la journée; ce qu'Henriette avait accepté d'emblée, même si elle savait sa cousine déjà très occupée avec ses deux enfants.

Henriette entra dans la maison au moment même où un petit cri d'impatience lui parvint du parc où Maurice l'attendait.

— On va aller faire un tour chez tante Jeanne, dit la maman à l'enfant qui esquissait de drôles de mimiques.

Henriette le chatouilla sous le menton, ce qui eut pour effet de déclencher les rires de Maurice. L'hilarité du fils déclencha celle de la mère.

— Ce soir, on va dormir dans notre nouvelle maison. On va voir papa. Pa-pa… articula-t-elle soigneusement, persuadée que les enfants, pareils à des éponges, étaient capables d'absorber tout ce qu'ils entendaient et voyaient.

« Ils sont plus intelligents qu'on pense », disait souvent Fernand.

La mère attentionnée s'empressa d'habiller Maurice qui se laissa faire sans rouspéter. Elle le revêtit de son petit manteau de laine, chaussa ses pieds avec les nouveaux bottillons de cuir brun que Fernand avait fait acheter par le cordonnier quand il était allé à Saint-Hyacinthe. L'enfant rechigna cependant quand elle tenta de le coiffer d'un chapeau.

— Regarde maman, ordonna-t-elle à l'enfant qui bougeait la tête dans tous les sens.

Maurice n'obéit pas immédiatement et il fallut à Henriette beaucoup de patience pour le convaincre de porter son chapeau.

Lorsque ce fut fait, elle enfila son manteau qu'elle boutonna en hâte, posa un béret de velours noir sur ses cheveux bouclés et, sans plus attendre, elle quitta le logis qui avait abrité les premières heures de cette union que le destin lui avait offerte. Elle marcha à pas rapides, empruntant un parcours qu'elle aurait su faire les yeux fermés tellement les allers et retours entre le logis et la maison étaient fréquents depuis le début de la construction.

Au hasard de sa route, elle se rappela l'incident qui aurait pu tourner au drame. Elle revit en pensée la voiture bleue, le pare-chocs étincelant sous la lumière du soleil, l'homme qui en était sorti et se demanda ce qu'il était devenu.

Henriette n'aimait pas les commérages. Elle n'aimait pas non plus que tout un chacun connaisse ce qui se passait dans sa vie. Elle savait Fernand discret sur ce sujet aussi.

« Moins le monde en sait, mieux on est », affirmait-il souvent.

Maintenant qu'il était commissaire, tant au scolaire qu'au crédit, Fernand était devenu un homme public. Les opinions qu'il émettait ou encore les décisions qu'il devait prendre n'étaient pas au goût de tout le monde.

Une voiture tourna le coin de la rue Roy et remonta la pente abrupte en haut de laquelle le barbier Desnoyers avait pignon sur rue. Elle s'y gara et un homme en descendit.

Le sang d'Henriette ne fit qu'un tour quand elle reconnut la voiture de l'artiste peintre. Quand ce dernier l'aperçut, il s'approcha à pas vifs.

— Bonjour, madame, commença-t-il.

— Bonjour.

Les joues d'Henriette rougissaient à vue d'œil et elle s'admonesta intérieurement de ne pas pouvoir garder son sang-froid devant l'étranger.

— Vous allez bien ? Et le petit garçon aussi ?

— Nous allons très bien, merci, répondit-elle d'un ton assez sec.

— Je voulais vous dire que je suis vraiment désolé de vous avoir causé tant de frayeur.

— C'est pas grave. C'est tout oublié.

— J'aimerais vous dédommager…

Henriette se dressa d'emblée.

— Je veux pas d'argent, coupa-t-elle en lui lançant un regard courroucé.

— Pardonnez-moi. Je ne parle pas bien, je crois. Je voudrais pas vous donner de l'argent. J'aimerais faire le portrait de votre fils.

— Un portrait ? De Maurice ?

— Et de vous aussi avec lui. J'ai besoin de modèles.

Décontenancée, Henriette fixait le visage franc de cet homme que le hasard plaçait sur sa route pour la deuxième fois.

— Il faut que je demande la permission à mon mari, dit-elle.

— Bien entendu.

Elle fit mine de prendre congé quand, soudain, elle lui fit face.

— Vous nous devez rien, vous savez.

— Je sais. Mais, je vous le répète, j'ai besoin de quelqu'un qui puisse poser pour moi.

À la pensée que cet homme avait sûrement peint le corps de femmes nues étendues devant lui, Henriette baissa les yeux, gênée. Encore une fois, une rougeur incommodante colora ses joues et elle maudit intérieurement cette fâcheuse tendance qui affichait son malaise au regard averti de l'artiste.

— J'attends votre réponse le plus tôt possible, dit-il avant de prendre congé sur un sourire bienveillant.

Henriette le regarda s'éloigner de sa démarche élégante et racée. Elle le compara malgré elle à l'étalon que son père, maquignon, avait un jour ramené à la maison. La robe fauve de l'animal luisait sous les rayons du soleil de juin. Sa crinière dorée s'étalait sur son cou tandis que sa queue, touffue et magnifique, battait l'air derrière lui. Comme il était fier, ce pur-sang ! Rassemblés autour de leur mère, qui devait considérer que l'achat de ce cheval représentait une dépense inconsidérée, les enfants étaient éblouis.

« Une dette de plus… », avait dit sa mère en soupirant.

Ross Miles s'était déjà engouffré dans sa voiture quand Henriette sortit de sa torpeur. Elle emprunta la rue Saint-Paul en direction de l'église paroissiale. Elle tourna à gauche, traversa le terrain de l'église et marcha à grandes enjambées vers la maison de sa cousine, sise deux rues plus loin sur la gauche. Quand elle mit enfin le pied sur le perron, la porte s'ouvrit et Jeanne, la petite Angélique dans les bras, l'accueillit avec entrain.

— Je t'attendais, lança son hôtesse.

— Excuse mon retard, j'ai été retardée.

— Pas de problème ! Entre vite, on dirait qu'il va pleuvoir.

Dans le ciel, de gros nuages gris s'amoncelaient, précurseurs d'une averse à venir.

Chapitre 15

Les orphelins

— Au nom du Père… et du Fils… et du Saint-Esprit… Ainsi soit-il.

Fernand se signa, en même temps qu'Henriette et Louise, avant de placer le chapelet de billes de bois foncé, souvenir de sa défunte mère, dans le petit étui de cuir noir qu'il avait lui-même confectionné. C'était le dernier cadeau qu'il avait offert à Adèle.

D'instinct, il leva les yeux vers la photo de celle qui lui manquait tant. Ce soir plus que jamais… Il fixa un long moment le portrait de sa mère qui avait trouvé une place de choix sur le dessus du vaisselier. Sa mère qui, telle une douairière, semblait régner sur la maisonnée.

Il porta la main à la ceinture de contention qu'il portait depuis l'apparition d'une hernie inguinale. La bande herniaire améliorait le confort, mais elle n'avait aucune vertu curative. La fragilité entre son testicule droit et son aine avait été malmenée par un effort trop violent lors de la construction de la maison.

— Avec cette ceinture-là, vous n'aurez plus peur qu'une partie de l'intestin sorte de la cavité abdominale et forme une boule quand vous toussez ou éternuez. Il faut faire attention à ne pas trop forcer non plus, lui avait recommandé le docteur Chaput lors de l'examen.

— Les gros travaux sont pas mal finis dans la maison, avait dit Fernand en payant les honoraires du médecin et la ceinture qu'il devrait dorénavant porter tous les jours, du moins jusqu'à ce qu'il se décide à passer sous le bistouri – ce qui ne se ferait pas de sitôt, vu le coût exorbitant d'une pareille intervention.

Henriette se leva, imitée par Louise qui jeta un coup d'œil à Fernand, quêtant en silence le signe que celui qui remplaçait son père lui faisait tous les soirs, l'invitant à venir se blottir contre sa poitrine puissante pour se faire bercer.

Louise adorait quand il lui chantait doucement :

« Isabeau s'y promène. Le long de son jardin… »

Envoûtée par la voix aux nuances chaudes et vibrantes, l'enfant fermait les yeux. Le rythme lent de la musique s'accordait à celui du mouvement de la chaise berçante, devenait hypnotisant et précurseur du sommeil dans lequel elle plongeait sans réserve. Ce soir pourtant, Louise eut beau chercher le sourire, le clin d'œil, le geste discret de la main, rien ne vint. L'air las de Fernand lui fit comprendre qu'elle ne s'endormirait pas dans ses bras.

— Viens, Louise, dit Henriette en la prenant par la main. C'est l'heure de te coucher…

La fillette obéit docilement, non sans avoir lancé un dernier regard à la fois triste et inquiet vers celui qu'elle aimait tendrement. Elle grimpa lentement l'escalier qui menait à la grande chambre qui lui avait été dévolue depuis le déménagement. Par la fenêtre, elle pouvait apercevoir le barrage de la rivière en contrebas et les rapides qui s'enfuyaient au loin.

Depuis deux jours, la neige avait recouvert les berges et avait habillé les branches des arbres d'un manteau duveteux.

Pour l'hiver à venir, Henriette avait cousu un magnifique manteau de laine vert sapin qui seyait à merveille à Louise. Sa tante lui avait aussi tricoté une tuque, un foulard et des mitaines blanches qui faisaient ressortir le châtain foncé de sa chevelure. Ainsi vêtue, elle était fière de se présenter aux offices religieux et à l'école.

Fernand lui avait acheté une paire de bottillons garnis d'une bande de fourrure gris pâle qu'elle enfilait par-dessus ses souliers lacés.

Toutes ces attentions lui avaient fait un peu oublier ses peines et elle espérait vivre un Noël joyeux avec son oncle et sa tante qui la gâtaient si bien.

Une courte pensée vola vers sa maman, qui n'avait pas encore donné de ses nouvelles.

— As-tu besoin de faire pipi avant de te coucher ? demanda sa tante qui relevait les couvertures du lit de sa protégée.

— Non, répondit simplement l'enfant.

Louise grimpa dans le lit et se réfugia aussitôt sous les draps. Henriette se pencha et déposa un baiser sur la joue de la fillette.

— Il va pas bien, oncle Fernand ? hasarda-t-elle.

— Il est fatigué, précisa Henriette, mais demain il va te bercer.

L'enfant installa confortablement sa tête sur l'oreiller et ferma les yeux.

Henriette regarda longuement celle qui ne passerait pas les Fêtes en leur compagnie. Elle l'avait appris ce matin même, de la bouche de sa sœur.

La nouvelle avait eu sur Fernand l'effet d'une bombe et Henriette avait remarqué des larmes qui avaient perlé au coin de ses yeux. L'épouse savait son mari très attaché à cette enfant intelligente et obéissante.

— Elle aurait pu attendre au moins après Noël ! s'était-il insurgé.

— Elle veut que sa famille soit réunie, c'est légitime.

— Légitime ou pas, ça se fait pas de déraciner comme ça des enfants ! Des fois, je pense qu'il vaudrait mieux que certaines personnes ne fassent pas d'enfants. Ça ferait moins de pauvres petits misérables ballottés par-ci, par-là dans des orphelinats et des familles d'accueil.

Fernand faisait référence aux orphelinats bondés de milliers d'enfants enlevés à leur mère célibataire ou encore à des parents incapables de s'en occuper convenablement. Fernand savait que ces établissements, gérés exclusivement par des congrégations religieuses, étaient pourtant sous la responsabilité du gouvernement provincial. Tout comme les écoles, d'ailleurs…

Ces pauvres orphelins, jugés déficients, avaient trouvé asile dans des institutions de soins de santé où ils ne recevaient que peu ou pas d'éducation.

Le commissaire en lui réprouvait le choix des dirigeants ; le père, lui, trouvait abominable une décision aussi inique.

Il en avait parlé au curé Vigneault, un soir au presbytère.

— Avec tous les enfants illégitimes nés pendant la guerre et tous les orphelins, il faut bien que quelqu'un se charge d'eux, lui avait dit l'abbé.

— Il y a pas d'autres moyens ? D'autres lieux plus propices pour élever des enfants ?

— Où voulez-vous qu'on les place ? Les familles ont déjà deux, trois, même jusqu'à six enfants ! avait répliqué le prêtre. À propos, votre Maurice grandit… Vous n'empêchez pas la famille, j'espère ?

La question avait fait froncer les sourcils de Fernand.

— On fait tout ce qu'on peut, vous saurez, monsieur le curé. C'est pas de notre faute si ma femme est pas de nouveau enceinte.

— A-t-elle vu le médecin dernièrement ?

— Je pense pas…

— Dites-lui d'aller faire vérifier, si jamais elle a un problème.

Fernand s'était levé, outré.

— Ma femme est pas une vache qu'on fait examiner pour voir si elle est bonne pour faire des veaux !

— Ce n'est pas ce que j'ai voulu dire…

— … pis, ce qui se passe dans ma chambre à coucher ne regarde que moi pis ma femme ! avait-il craché, hors de lui.

— Calmez-vous, s'il vous plaît, je n'ai pas voulu vous offenser, s'était excusé le prêtre.

Les joues en feu, Fernand avait pris son chapeau de feutre dont il s'était aussitôt coiffé, même si le geste était impoli en face de son hôte. Il avait enfilé son paletot de laine, noué son foulard autour de son cou et marché vers la porte close qu'il avait ouverte à la volée.

— Bonsoir, monsieur le curé ! avait-il dit d'une voix forte avant de s'en aller.

L'abbé Vigneault avait compris ce soir-là que Fernand Dupré était un homme qui savait se défendre, mais le membre de l'Ordre de Jacques-Cartier s'aperçut qu'il valait mieux l'avoir de son bord.

*

Toujours ulcéré par le sort réservé aux petits orphelins et contrarié par l'absence de Louise à Noël, Fernand dit à Henriette :

— Demande donc à ta sœur si elle peut pas venir la chercher le jour de la fête des Saints Innocents.

— Elle voudra pas, c'est certain, d'autant plus qu'elle m'a bien spécifié que son chauffeur, Samuel, pourrait venir seulement le 21 décembre.

— On ira la mener, nous autres, d'abord. Je demanderai à monsieur Chenevert qu'il nous conduise à Montréal. On pourrait en profiter pour aller faire un tour en ville. T'as pas besoin d'une nouvelle robe ?

Le clin d'œil coquin qu'il lui lança la fit sourire.

— Eh que t'es fin, Fernand ! s'exclama-t-elle en se blottissant contre lui.

— Quand on aime sa femme, c'est normal de vouloir lui offrir un beau cadeau.

Henriette voulut lui prouver aussi son amour et elle posa ses lèvres sur les siennes.

Le couple demeura ainsi un long moment à savourer le bonheur tranquille et l'affection sincère qui avaient, au fil des années, éclos et grandi.

C'était doux et tendre. Un sentiment simple et sincère…

Fernand se détacha le premier, éteignit les lumières, vérifia si le verrou de la porte était tiré et prit le bras de sa femme. Le couple se dirigea vers sa chambre, située juste à côté de la cuisine, et y pénétra sans plus tarder.

Chapitre 16

Les secrets

Installées devant un métier à piquer sur lequel une courtepointe multicolore était tendue, les deux amies, aiguilles et dés à coudre aux doigts, suivaient les arabesques tracées en lignes pâles au crayon de plomb. Henriette et Jeanne piquaient ensemble comme deux abeilles. Les enfants faisaient une sieste bien méritée pendant laquelle les couturières en profitaient pour faire avancer leur œuvre.

— Ça va être beau sur le lit. Pis chaud aussi... déclara Jeanne sans lever les yeux de son ouvrage.

— C'est toujours intéressant d'avoir des choses neuves. Ça égaye la maison.

— Tu dois être contente dans ta nouvelle maison ! Tout est neuf...

— Pas tout...

— Presque, continua Jeanne en arrêtant son travail et en fixant sa cousine. Je te dis que j'ai bien hâte, moi aussi, d'avoir une maison bien à nous.

— Ça va venir, Philippe fait des bons salaires…

— Peut-être, mais il a beaucoup de dépenses aussi. L'essence, la voiture, sans compter qu'il mange tous les jours à la cafétéria de l'hôpital. Et puis il a son uniforme à payer.

Jeanne fit une pause avant d'enchaîner :

— Il a aussi la cotisation syndicale qui enlève pas mal d'argent sur sa paye. Pis les impôts.

Henriette ne répondit pas.

— Et le coût de la nourriture qui n'arrête pas de monter, pas étonnant que l'argent manque ! Une chance que le cinq livres de farine se vend quinze cents ! Sinon, on se passerait de pain, souligna sa compagne.

— Une chance aussi que le gouvernement fédéral a rendu la vente de la margarine légale, ajouta Henriette qui n'achetait plus de beurre depuis belle lurette, même si Fernand devait auparavant se procurer la margarine sous le manteau, vu sa prohibition.

Le beurre, tout comme le café et les oranges, demeurait un produit de luxe. L'alcool, le whisky en particulier, vendu à cinq dollars la bouteille, pouvait engloutir la paye d'une journée de labeur d'un ouvrier. Le fardeau des hommes était bien lourd à porter et Henriette trouvait normal qu'ils aient recours à ces spiritueux pour leur faire oublier leur fatigue et parfois même leur amertume.

Les longues journées passées dans les usines, sur la route ou ailleurs, n'étaient, selon elle, en rien comparables à celles occupées aux travaux ménagers et à l'éducation des enfants. Henriette se trouvait chanceuse de ne pas avoir à braver les intempéries pour aller s'astreindre à un travail éreintant et bien souvent mal payé. Le salaire hebdomadaire moyen des ouvriers, une quarantaine de dollars, était une aberration. Surtout quand on pensait aux profits faramineux engrangés par les grandes industries.

Hélas, l'alcool gardait souvent esclaves ceux qui s'en délectaient et Henriette était bien placée pour en connaître les dommages.

Elle tourna la tête vers Jeanne absorbée dans sa tâche. Elle la savait discrète sur l'alcoolisme de son mari. Elle constatait aussi la précarité qui planait au-dessus de cette famille comme une épée de Damoclès et s'en désola.

«J'en parlerai à Fernand», songea-t-elle.

Celui qui préférait une bonne bière fraîche, l'été, le samedi soir avant le souper, saurait trouver les mots pour encourager son ami à délaisser la bouteille.

— Alors, ta nouvelle maison? demanda Jeanne.

— C'est tellement grand, comparé au petit logis où on demeurait avant! Et puis Louise a sa chambre bien à elle.

— Ça fait combien de temps que vous l'hébergez?

— Presque trois mois.

— Sa mère est venue la voir ?

— Pas une seule fois.

— Pauvre petite ! Elle doit s'ennuyer d'elle sans bon sens !

— Elle a pas l'air trop triste. Il faut dire qu'elle aime beaucoup Fernand. Il la berce chaque fois qu'elle lui demande.

— À sept ans, c'est pas un peu vieux pour se faire bercer ?

— Si ça lui fait du bien, je vois pas où est le mal, rétorqua Henriette, que la réflexion de sa cousine surprit.

Elle se concentra un moment sur l'aiguille à enfiler et après avoir fait un petit nœud à l'extrémité du fil, elle se remit à piquer.

— Elle joue beaucoup avec Maurice. Ça m'aide… termina-t-elle.

— T'es chanceuse. Moi je t'avoue que j'en ai plein les bras avec Armand et Angélique. Et avec le troisième qui s'en vient…

Jeanne soupira et posa un regard sur son ventre qu'une nouvelle vie habitait depuis quinze semaines déjà.

— Ça va toujours bien ta grossesse ?

— Oui. J'ai moins mal au cœur le matin. J'ai recommencé à manger un peu plus. Le docteur m'a bien recommandé de ne pas me charger l'estomac. Des repas légers et des collations plus fréquentes.

Jeanne hésita un moment. Devait-elle aviser sa cousine que cet enfant serait probablement le dernier ?

La dernière discussion qu'elle avait eue avec son mari ne lui laissait plus aucun doute : il fallait empêcher la famille. Il en allait de sa santé à elle, mais aussi de la santé financière de son couple. Avec le salaire de Philippe, la petite famille arrivait à peine à boucler le budget. Après les médicaments, qui coûtaient une fortune, pour soigner l'asthme d'Armand, la nourriture, les vêtements, les cigarettes et l'essence, il ne restait plus grand-chose dans le portefeuille.

Philippe se plaignait de plus en plus souvent d'un mal de dos qu'elle s'efforçait de soulager avec des massages fréquents au liniment Minard.

Jeanne soupira en pensant qu'elle n'aurait pas la chance de quitter son logis pour une maison avant plusieurs années.

Henriette la regarda du coin de l'œil. Elle constata le malaise qui crispait les traits de celle qu'elle considérait comme une sœur.

— Toi, tu me caches quelque chose… commença-t-elle.

Jeanne se composa un visage neutre avant de lui tirer la langue.

Venus de la chambre des enfants, des pleurs montèrent, signal que la sieste était terminée. Les cousines délaissèrent aussitôt leurs aiguilles, qu'elles piquèrent dans le tissu. Elles se levèrent promptement et se dirigèrent vers la chambre où les bambins s'activaient déjà.

Chapitre 17

La victoire

Le 21 décembre 1947 avait apporté avec lui son lot de neige. La froidure s'était aussi installée, au grand dam de Fernand qui aurait bien aimé pouvoir terminer le sous-sol.

— Tu auras le temps après le jour de l'An, l'avait encouragé Henriette.

Depuis quelques jours, elle s'affairait à son fourneau et à ses casseroles. Les réserves de victuailles, conserves et confitures, avaient trouvé leur place sur les étagères de la chambre froide, à côté des bouteilles de vin de betterave et de pissenlit que la cuisinière avait confectionné un an auparavant.

De son côté, à l'usine, Fernand avait décidé de prendre la tête d'un groupe d'employés qui en avaient assez de l'attitude arrogante et des sempiternels reproches injustifiés d'Ernest. Fernand avait rédigé une lettre réclamant le renvoi de ce contremaître. Il s'était fait un devoir de mettre l'accent sur la bonne volonté des employés qui désiraient pouvoir travailler dans un climat de bonne entente et de cordial compagnonnage, mais surtout sur les conséquences néfastes d'un désintérêt des ouvriers et des répercussions que celui-ci pourrait avoir sur le rendement de l'entreprise.

À Noël, les commandes avaient doublé. Fernand savait que le moment était propice à faire valoir leurs droits et leurs exigences. Lui-même n'était-il pas appelé, plus souvent qu'à son tour, à faire des heures supplémentaires pour fournir à la demande ?

Il avait exposé franchement le problème d'alcool d'Ernest et il était certain que cet élément ferait réagir l'entrepreneur. Hier, il avait remis la lettre en main propre au patron en espérant que ce dernier agisse au plus tôt pour le mieux-être de la compagnie et surtout de ses employés.

Ce matin, alors que ses pas le menaient vers l'usine, Fernand se réjouit de la tangente que prenait sa vie. Il lui sembla qu'il avait désormais le contrôle sur les événements et que l'attendait un bonheur qu'il avait, un jour de désespérance, crut impossible à atteindre.

Son cœur se gonfla d'amour pour la femme qu'il avait serrée entre ses bras quelques minutes auparavant. Il ferma les yeux un court instant et respira profondément, le souvenir de son parfum encore sur sa bouche.

Fernand rouvrit les yeux et traversa le petit sentier qui le séparait de la gare qu'il longea sur une trentaine de mètres avant de bifurquer à droite et de s'engager dans la rue Sainte-Cécile.

À l'approche du bâtiment central de l'usine, son cœur se mit à battre avec frénésie. Surtout quand il aperçut la silhouette massive d'Ernest, debout près de l'entrée principale.

Tout dans son attitude lui fit comprendre que la lettre à son patron avait porté fruit.

Il songea un moment à rebrousser chemin.

« Tu as peur d'Ernest », le nargua une petite voix.

Fernand connaissait le tempérament de feu de celui qui avait un jour fait sortir son père de ses gonds. Il le savait menteur et hypocrite.

Comment avait-il reçu la nouvelle ? Le tenait-il responsable de sa déconvenue ? Ou en mettrait-il la faute sur tous les employés qui avaient signé la lettre ?

— Te v'là, maudit traître ! aboya Ernest quand Fernand fut à quelques pas de lui.

— Dis pas des mots que tu pourrais regretter, tenta de le calmer son frère.

— C'est toi qui vas regretter ce que t'as fait ! gronda Ernest en pointant un doigt accusateur devant lui.

— J'ai fait comme tous les autres employés qui sont tannés de se faire bousculer, crier par la tête, déranger dans leur travail et surtout de se faire manquer de respect.

Ernest savait que Fernand faisait référence aux femmes qui s'étaient plaintes que le contremaître avait parfois les mains baladeuses.

Fernand voulut entrer dans l'usine, mais Ernest lui bloqua le chemin.

— Si je rentre pas, tu rentres pas toi non plus, le défia l'aîné.

Les deux hommes se toisèrent en silence.

Autour d'eux, d'autres employés impatients d'aller se mettre au chaud à l'intérieur de la manufacture n'osaient s'aventurer trop près des belligérants.

— Ôte-toi de mon chemin, ordonna Fernand en soutenant le regard de son frère.

Ce dernier ne broncha pas et se contenta de croiser les bras sur sa poitrine en signe de défi.

Fernand songea aux conséquences d'une éventuelle bagarre. Il ne voulait pas en venir aux coups avec celui qu'il savait beaucoup plus costaud que lui. Il pensa à son hernie et se rassura quant à la bonne position de sa ceinture en portant la main à son bas-ventre. Ses orteils commençaient à geler, tout comme le bout de son nez et ses joues.

— Fais pas le cave, ça servira à rien de me tabasser. Pense à ta femme, à tes enfants… Ils aimeraient pas ça que leur père passe Noël en prison au lieu d'être avec eux, dit-il d'un ton calme.

Prenant à témoin les camarades de travail qui l'entouraient, il continua :

— On a exercé notre droit et on a revendiqué des meilleures conditions. Tu faisais partie des mauvaises, à toi de réfléchir là-dessus.

S'armant de courage, il marcha sur son frère sans broncher, soutenant le regard de feu qui ne l'effrayait plus désormais. À sa suite, les autres employés entrèrent dans l'usine, ne se privant pas de lancer des regards noirs à celui qu'ils ne voulaient plus jamais revoir.

Demeuré seul, Ernest tenta de se composer un air hautain et indifférent avant de quitter les lieux en quatrième vitesse.

À l'intérieur, derrière une fenêtre, Fernand le regarda s'éloigner, content d'avoir vaincu sa peur, mais surtout d'avoir évité le piège qu'Ernest lui tendait. Il avait dompté le lion. Il pouvait désormais croire que rien ne lui était impossible. Fernand alla s'installer devant sa machine, le cœur léger et le sourire aux lèvres.

Décidément, l'avenir s'annonçait prometteur.

*

Henriette roulait la pâte enfarinée qu'elle placerait sur le mélange de raisins secs et de cassonade de sa tarte à la farlouche quand quelqu'un frappa à la porte. La femme essuya ses mains sur son tablier de coton blanc, sur les bords duquel elle avait brodé des grappes de raisins, et alla ouvrir.

Devant elle se tenait Ross Miles.

— Vous ! ? s'exclama-t-elle.

Le visiteur sembla aussi surpris de la trouver ici.

— Je... Je ne savais... Je croyais que... bafouilla-t-il, visiblement confus.

Poussé par le vent, le froid entrait dans la maison et Henriette ne put faire autrement que de l'inviter à entrer. Ce qu'il fit sans hésiter.

— Que faites-vous ici ? demanda-t-elle en refermant la porte et en s'éloignant le plus possible de cet homme qui la troublait.

— On m'a dit que c'est ici que demeure l'homme qui a le don de faire disparaître les verrues...

— Oui, c'est mon mari, Fernand Dupré. Mais il n'est pas ici. Il est à l'usine.

— Je vais revenir ce soir...

— Il a une réunion à la caisse populaire, coupa-t-elle vivement.

— Demain soir, alors ? insista-t-il.

— Je vais lui demander quand il reviendra du travail, laissa-t-elle tomber sèchement.

— Oui, bien sûr. Il peut me téléphoner au Moulin des Arts, où je réside temporairement.

— Je le lui dirai…

Henriette ne savait plus quelle attitude adopter. L'intrusion de cet homme dans sa maison avait quelque chose de déplacé, d'inconvenant. De dérangeant… Elle songea un moment aux mauvaises langues qui se feraient un plaisir de colporter des rumeurs sur une possible liaison avec cet artiste.

« Les gens voient le mal partout », disait souvent sa mère.

— Avez-vous parlé de ma proposition à votre mari ? hasarda-t-il.

— Pas encore.

— Ah…

Henriette baissa les yeux pour se soustraire au regard de braise que Ross fixait sur elle sans vergogne.

— Vous avez de la farine, juste là, sur la joue, montra-t-il de son index tendu.

Gênée, Henriette s'essuya d'un geste nerveux.

— J'ai du travail, dit-elle, faisant ainsi comprendre à l'intrus qu'il était temps de partir.

— Bien sûr…

Ross Miles pivota sur ses talons, posa une main hésitante sur la poignée de la porte et se tourna à demi vers la maîtresse de maison.

—Je vous trouve très belle, madame Dupré, déclara-t-il spontanément.

Comme s'il regrettait déjà d'avoir dit ces mots, Ross ouvrit la porte d'un geste brusque et disparut en hâte.

Tétanisée, les oreilles bourdonnantes de la douceur de la voix et des mots, Henriette se demanda si ce qu'elle venait de vivre était réel ou l'effet de son imagination. Poussée par le vertige qui l'habitait encore, la femme marcha vers la fenêtre donnant sur la rue. Elle vit l'artiste, assis au volant de sa voiture de luxe. Quand Miles tourna la tête et l'aperçut, il lui fit un signe amical de la main auquel Henriette répondit sans réfléchir. La voiture démarra et quitta le bord du trottoir où les pneus avaient laissé leurs empreintes dans la neige.

Quand Henriette releva la tête, elle remarqua la silhouette sombre d'un homme debout sur le trottoir opposé qui la fixait avec intensité.

Ernest Dupré avait tout vu…

Chapitre 18

Le réveillon

Les anges dans nos campagnes
Ont entonné l'hymne des cieux.
Et l'écho de nos montagnes
Redit ce chant mélodieux:
Glo…

Au son des voix des choristes, les fidèles quittaient en masse le lieu saint où la messe de minuit avait rassemblé les croyants.

Dehors, des bourrasques de neige balayaient le village et les campagnes, rendant les routes impraticables. Plusieurs familles avaient dû se résigner à demeurer confinées dans leur maison et n'attendaient plus la visite qu'elles avaient pourtant espérée jusqu'à la dernière minute.

—Joyeux Noël, Fernand! lança Phil Bissonnette qui avait attendu patiemment l'arrivée de son ami au pied de l'escalier qui menait au jubé, où les derniers accords de l'organiste s'harmonisaient avec le carillon des cloches.

— Joyeux Noël à toi aussi, Philippe !

Les deux complices se donnèrent l'accolade.

— Tu parles d'une tempête…

— Il manquait au moins trois choristes qui ont pas pu se rendre ! dit Fernand en enfilant ses gants de peau d'agneau.

— Les chemins sont tellement mauvais avec le vent qui charrie la neige. Ça forme des lames partout. En plus, on voit pas plus loin que son nez…

— Vous allez pas dans la famille de Jeanne ?

— Es-tu fou ? On se mettra pas en danger pour le temps d'un réveillon. Et puis Jeanne est fatiguée. Sa grossesse lui rentre pas mal dans le corps.

— J'te dis que les femmes sont faites fortes pour endurer tout ça !

— Comme tu dis…

Les deux hommes sortirent sur le perron de l'église où seuls quelques fidèles s'échangeaient encore des souhaits.

— Pourquoi vous venez pas réveillonner chez nous ? proposa Fernand.

— Vous avez assez de vos familles…

— Y va y avoir seulement mon père pis mon frère Rosario. Les deux enfants aussi, évidemment. Henriette a tellement cuisiné… Y en a pour une armée ! On pourra pas tout manger ça à nous autres tout seuls. Viens donc ! Les femmes vont être contentes de se voir. Les petits aussi.

Philippe n'hésita pas longtemps.

— D'accord, mais c'est moi qui apporte la boisson, précisa-t-il.

— Si tu veux, dit Fernand qui se dandinait d'un pied sur l'autre.

Il releva le col de son paletot, serra le foulard de laine autour de son cou.

— Viens avec moi ! Le temps de ramasser les petits, la femme et les cadeaux et on va se rendre chez toi en voiture.

— Les rues sont pas déneigées, fit remarquer Fernand.

— On va passer pareil ! Envoye, viens-t'en si tu veux pas attraper ton coup de mort !

— Je vais téléphoner à Henriette pour pas qu'elle s'inquiète.

— Ben sûr ! Envoye ! l'invita son ami en l'incitant à se dépêcher d'un moulinet de la main.

Fernand suivit Philippe qui courait vers son logis où l'attendaient sa femme et ses enfants.

*

— Je suis tellement contente que vous soyez venus ! Le réveillon va être plus gai, dit Henriette sur le ton de la confidence à sa cousine qui l'aidait à sortir les tourtières et la tarte aux pommes du four.

— Tu devais être inquiète de pas nous voir arriver plus vite que ça, dit Jeanne.

— C'est pas mal téméraire de la part de ton mari de conduire sa voiture dans ces conditions.

— Tu connais Philippe. Y a rien à son épreuve.

Jeanne se tut. Une ombre chagrine obscurcit un court instant ses yeux.

Henriette le remarqua aussitôt.

— Toi, y a quelque chose qui va pas… s'inquiéta-t-elle.

Jeanne déposa un plat sur la table, vérifia si les hommes étaient toujours au salon en train de surveiller les enfants qui jouaient près du sapin décoré, fit signe à sa cousine de la suivre dans sa chambre. Elle referma la porte et alluma le plafonnier.

— Je pense que Philippe me trompe, laissa tomber Jeanne en retenant avec peine le sanglot qui l'étouffait.

— Quoi ? Voyons donc, c'est pas possible.

— Il revient de plus en plus souvent tard le soir à la maison. Il dit qu'il fait des heures supplémentaires à l'hôpital. Mais je sais que c'est pas vrai. Y a deux jours, un de ses collègues a téléphoné pour lui dire quelque chose qu'il avait oublié de lui mentionner. Il était huit heures du soir. Philippe avait quitté son travail à six heures pile.

Henriette écoutait sans broncher la pauvre Jeanne dont la voix se brisait.

— Il y a aussi l'argent…

— L'argent ?

— Il dit qu'il a pas d'argent pour acheter un nouveau frigidaire ni pour un habit neuf pour Armand.

Henriette se pinça les lèvres pour retenir les paroles qu'elle brûlait de prononcer.

Elle se souvint des propos de Fernand qui, un soir qu'ils se collaient l'un contre l'autre dans le lit, lui avait raconté sa mésaventure aux cartes. Ils avaient bien ri du malaise qui l'avait habité tout au long de cette courte soirée, mais les rires s'étaient estompés quand Fernand avait ramené à son souvenir le regard de feu, témoin de la passion de son ami pour le jeu – et l'appât du gain rapide, surtout.

Henriette devina que Philippe devait encore s'adonner à ce qui était probablement devenu pour lui une dépendance.

— J'en parlerai à Fernand, des fois qu'il saurait quelque chose, dit-elle pour réconforter sa cousine.

— Où êtes-vous, les femmes ?

La voix de Philippe les fit se ressaisir.

Jeanne essuya ses larmes et se composa une mine joyeuse avant de faire signe à Henriette d'ouvrir la porte. C'est elle qui fut la première à se présenter devant son cousin par alliance.

— Petits problèmes de femme, déclara-t-elle avec un sourire gêné.

— Ah… ben sûr, ben sûr… répondit Philippe qui, verre vide à la main, alla se verser deux onces de brandy.

— Va dire à tout le monde que le repas est prêt, ordonna Henriette.

— Oui, mon capitaine ! répondit Philippe en faisant un salut militaire qui fit rire son hôtesse.

Demeurées seules, les deux amies promirent qu'elles s'épauleraient en toutes circonstances. Elles scellèrent cette entente d'une accolade. Quand Fernand et Maurice, suivis des invités, débouchèrent dans la cuisine, les deux femmes commençaient déjà à mettre les patates et les pointes de tourtière dans les assiettes.

Chapitre 19

La déception

L'année s'était terminée sur une note triste. Le départ de la petite Louise avait créé un vide plus grand que le couple Dupré avait pu imaginer.

— Ça serait le temps de faire un autre enfant, avait confié Fernand à sa douce Henriette, trois jours après le départ de la fillette.

— Ça se commande pas de même, s'était insurgée sa femme dont les menstruations étaient irrégulières.

Elle en avait parlé au docteur Chaput, qui lui avait recommandé de faire confiance à la nature.

« Le curé Vigneault n'est pas du même avis que vous… », avait répliqué sa patiente.

En effet, le jeune curé, comme son prédécesseur, faisait pression sur les couples mariés pour que ceux-ci procréent davantage. Ses discours enflammés en chaire, tous les dimanches, étaient aussi porteurs d'un message nationaliste qui encourageait une croissance démographique massive.

« Si on ne veut pas se faire envahir par les immigrants qui ne parlent pas notre langue ni ne pratiquent notre religion, il faut faire des enfants qui seront élevés et éduqués dans la foi catholique et en français... », clamait-il haut et fort.

Fernand adhérait à ce discours. Henriette aussi, un peu malgré elle. En tant que femme, elle devait se soumettre à son rôle d'épouse et de mère et suivre le plus possible les diktats de l'Église. N'empêche que tomber enceinte, ça ne se faisait pas sur un claquement de doigts et elle espérait qu'à bientôt vingt-neuf ans, elle pourrait enfanter encore facilement.

La jeune femme priait chaque soir devant la statue de saint Joseph, achetée à l'Oratoire du même nom, le jour où elle avait percé le terrible secret de son frère Gaston.

— En tout cas, j'espère que 1948 sera une année de changements, dit Fernand en se levant de sa berceuse où il se reposait de moins en moins souvent.

Les réunions qui l'éloignaient de la maison deux soirs par semaine l'obligeaient souvent à rentrer tard. Henriette avait pris l'habitude de l'attendre, préférant sacrifier un peu de son sommeil pour avoir le plaisir de bavarder avec lui. Il lui parlait peu de ses rencontres hebdomadaires, sauf pour quelques informations qu'il jugeait importantes. Ainsi, grâce à lui, Henriette avait appris la mise en place de nouvelles lois, comme celle de l'établissement de médecins dans les campagnes, l'inauguration de l'École des arts et métiers de Montréal et la guerre ouverte de Maurice Duplessis contre les Témoins de Jéhovah, dont tous les journaux parlaient.

— Le but visé par la fédération des sociétés Saint-Jean-Baptiste, c'est d'avoir un drapeau distinctif au Québec, lui avait-il confié.

Ce projet occupait presque tous les esprits. Cet acte, purement symbolique pour Henriette, revêtait une importance capitale pour celui qui se dévouait dorénavant en secret à l'Ordre.

Fernand avait déjà assisté à six réunions depuis qu'il y avait adhéré. Chaque fois, il s'y rendait en compagnie du curé Vigneault et de Pierre Chenevert.

Une seule nouvelle recrue avait eu droit à l'initiation à laquelle Fernand avait été soumis. Comme il était nerveux, le soir qu'il s'y était présenté ! À la vue du jeune homme angoissé qui était devant eux ce soir-là, il avait éprouvé beaucoup d'empathie.

Fernand aimait ces réunions où la prière du début faisait office de rituel. En membre obéissant, il écoutait les consignes et les ordres que les commandeurs avaient reçus directement des chanceliers. La Patente possédait une hiérarchie constitutionnelle, chapeautée par une chancellerie formée majoritairement par les fondateurs. Venaient en second lieu les commandeurs, qui avaient pour fonction de faire connaître les résolutions prises en haut lieu et desquelles découlaient les actions concrètes que les membres devaient exécuter sans jamais discuter.

Fernand s'était vu proposer une fonction d'observateur. Fonction qu'il se faisait un devoir d'accomplir au meilleur de sa connaissance. Il notait tout : de la simple pancarte ou affiche écrite en anglais seulement, qu'il apercevait dans les photos des journaux qu'il épluchait toutes les semaines, aux revendications des travailleurs qu'il côtoyait ou rencontrait chez le père Saurette ou aux réunions de la caisse ou de la commission scolaire.

Son appartenance était devenue bien plus qu'un engagement social. C'était désormais une véritable passion. Une quête même…

— Je vais me coucher, annonça Fernand en se dirigeant vers la chambre.

— Déjà ? s'étonna Henriette. Tu restes pas pour écouter la radio ? Il y a un nouveau radiofeuilleton qui…

— C'est bon pour les femmes, ces histoires-là, coupa Fernand.

Le ton irrité et la voix plus aiguë qu'à l'accoutumée démontraient l'agacement de son époux face à ce qu'il qualifiait de « futilités ».

Et pourtant... Les « futilités » radiophoniques renseignaient les femmes au foyer sur des sujets qui touchaient les arts et la littérature. Henriette avait ainsi appris la nomination à la Société royale du Canada de la première écrivaine à recevoir un tel honneur, Gabrielle Roy, et l'attribution du prix Femina à son roman *Bonheur d'occasion*, qu'Henriette se promettait de lire quand elle aurait le temps. Elle s'était régalée du roman *Le Survenant*, de Germaine Guèvremont, paru en 1945, que son mari lui avait offert en cadeau, et avait bien hâte de lire le second volet de cette histoire, *Marie-Didace*, que l'Académie canadienne-française avait primé le 15 décembre précédent. Henriette adorait la chanteuse Lucille Dumont et avait été ravie d'apprendre qu'elle avait remporté le titre de Miss Radio du poste CKAC. Elle avait aussi tout appris au sujet de la prestation de la Symphonie féminine de Montréal, premier orchestre canadien composé uniquement de femmes, au Carnegie Hall de New York. Toutes ces nouvelles lui laissaient croire que les temps changeaient lentement, mais sûrement.

Sans ces « futilités », révélées sur les ondes, les femmes, qui n'avaient pas encore leur place dans les professions libérales, politiques ou économiques, n'auraient bénéficié d'aucune tribune pour faire connaître leurs réalisations.

C'était un monde d'hommes, et les femmes devaient s'y soumettre bon gré, mal gré.

« Ça va changer… », lui disait souvent sa petite voix.

Henriette n'avait pas pris ombrage du jugement de son mari jusqu'au soir où il lui avait clairement fait comprendre qu'il serait plus instructif d'écouter les nouvelles ou de lire les journaux que de se repaître des malheurs de Donalda Poudrier.

Henriette s'était vertement défendue, lui répondant qu'il n'y avait rien de mal à écouter ces radiothéâtres pendant qu'elle reprisait ou, le plus souvent, tricotait des vêtements pour lui et les enfants.

— Faut bien se changer les idées de temps en temps ! avait-elle conclu, bien décidée à ne pas se soustraire à ce moment de détente quotidienne bien mérité.

Fernand avait haussé les épaules et n'avait pas insisté davantage. Il savait trop bien reconnaître les signes qui indiquaient que sa douce et docile Henriette ne fléchirait pas sur ce point. Pas plus que sur les valeurs de la morale et de la famille qu'elle plaçait au-dessus de tout.

Elle s'était plainte, un soir qu'il revenait d'une réunion de l'Ordre, que ses engagements sociaux prenaient trop de place et qu'il négligeait sa vie de couple.

Ce soir-là, Fernand aurait voulu lui raconter l'aventure dans laquelle il trouvait sa raison d'être, sa foi en la cause, sa fierté d'avoir été choisi par ceux qui avaient créé l'Ordre de Jacques-Cartier, à l'image du regroupement des Knights of Columbus – les Chevaliers de Colomb –, ces Irlandais catholiques qui voulaient faire disparaître la langue française au Canada. Chaque observation, chaque ordre, chaque rencontre revêtaient pour lui un caractère unique.

Armé de son crayon et de son calepin, Fernand notait tout ce qui lui semblait important pour la cause : les récriminations de ses camarades de travail, celles des hommes qui venaient demander un crédit à la caisse Desjardins soutenue par les chanceliers de l'Ordre, celles aussi des professeurs d'école et des parents. Il lui arrivait parfois de prendre des notes quand Julien Coderre, un commis-voyageur qu'il rencontrait régulièrement à la quincaillerie du père Saurette, racontait ce que ses voyagements lui apprenaient sur la vie à la campagne et dans les régions éloignées. Comme il aurait aimé, lui aussi, parcourir la province en voiture ! Hélas ! l'argent qu'il avait dépensé pour la maison avait englouti les économies, et les cours de conduites, maintenant donnés par la nouvelle école de Léonard Lauzon à Montréal, étaient au-dessus de ses moyens.

Fernand regrettait de devoir mentir à Henriette, mais il avait juré. Et un serment, c'était sacré…

— Ah ! oui… J'ai oublié de te dire qu'un homme va venir à la maison demain soir pour que je lui fasse passer ses verrues. Un certain Ross Miles…

À ce nom, Henriette se raidit.

— Tu le connais ? demanda-t-elle d'une voix plus aiguë qu'elle ne l'aurait voulu.

— Non. C'est monsieur Dufresne qui m'a demandé de le recevoir. Il paraît qu'il a des verrues plein les mains.

Henriette chercha dans sa mémoire le souvenir des mains de celui qui avait failli tuer son fils. Elle se rappela alors qu'elles étaient toujours gantées.

— Toi tu le connais, par exemple, poursuivit son mari en allant vers l'évier de la cuisine pour se verser un verre d'eau.

Le cœur d'Henriette s'arrêta de battre. Se pouvait-il qu'Ernest ait déjà parlé ?

— C'est lui qui conduit la Studebaker bleue. Celle qui a failli frapper Maurice. Tu te rappelles pas ?

— Je me souviens de lui, évidemment, mais je connaissais pas son nom, mentit-elle.

— Y paraît que tu l'as revu ?

Cette fois, le visage blême et les mains moites, Henriette se leva brusquement de son fauteuil.

— Qui t'a dit ça ?

— Le barbier Desnoyers. Il vous a vus devant sa maison.

— Oui, bien sûr. J'avais oublié.

— Qu'est-ce qu'il te voulait?

— Me demander des nouvelles de Maurice.

— C'est un gentleman, y paraît.

— Je sais pas. Je le connais pas assez pour t'en parler.

— C'est ce que mon patron m'a dit, en tout cas. Tu savais qu'il était peintre? Monsieur Dufresne aime bien recevoir des artistes à son Moulin des Arts. C'est la deuxième année que ce Miles réside là. Habituellement, il vient pendant l'été. Cette fois, il voulait peindre des paysages d'hiver. Y doit trouver ça frette en titi comparé à la Virginie!

Fernand accompagna sa réplique d'un petit rire amusé avant de remplir un autre verre d'eau, qu'il but lentement, cette fois.

— C'est effrayant comme j'ai soif ces jours-ci, souligna-t-il avant de s'essuyer la bouche du revers de la main.

— Tu manges peut-être trop salé, nota sa femme, trop contente de changer de sujet.

— Ou trop sucré... Va falloir que je modère un peu sur les tartes et les gâteaux. Une chance que les Fêtes sont terminées et que le carême va commencer. Mais y va falloir que t'en fasses moins.

— T'as juste à te restreindre un peu en prenant des moins grosses portions.

— Tu sais bien que je peux pas résister à tes desserts. Ils sont si bons ! Surtout ta tarte au sucre et au gruau, s'amusa son mari devant son air offusqué.

Henriette regarda la taille de Fernand. C'est vrai qu'il avait grossi. Sa chemise s'entr'ouvrait un peu à la hauteur du nombril.

— Vaudrait mieux aussi faire attention au gras, y paraît que c'est pas bon pour les artères.

— J'en mange pas tant que ça, du gras, se défendit Fernand.

— La graisse de rôti, le soir sur des toasts, c'est pas mal gras, ça…

Fernand haussa les épaules pour la seconde fois sans rien ajouter.

Henriette avait raison. Il devait faire plus attention à son alimentation. Déjà qu'il avait une propension à être rondelet, il faudrait qu'il prenne les dispositions pour ne pas se laisser aller à une gourmandise qui encrasserait son système digestif.

Le souvenir d'un examen médical, passé en août 1944, refit surface. Un malaise indéfinissable l'accabla tandis qu'une peur irraisonnée d'une maladie latente s'empara de lui.

« Tu dois voir le docteur et passer un examen complet… », lui conseilla la voix de la raison.

Fernand hocha la tête, confronté à une réalité qu'il faudrait désormais affronter. À l'aube de ses trente-huit ans, il se devait de prendre en main sa santé s'il voulait vivre vieux. Il prit exemple sur Kildare qui, grâce à une alimentation saine, un horaire régulier, le grand air et le travail physique, avait conservé une santé que beaucoup enviaient.

La vie de Fernand était complètement différente de celle de son père. Les longues journées debout devant une machine, reclus dans un environnement pollué et sombre, suivies de soirées prises par les multiples réunions, étaient loin de celles passées à la ferme.

Le rêve de devenir fermier avait fondu comme neige au soleil et avec lui une forme de liberté qu'il ne connaîtrait plus jamais. D'ailleurs, comment pourrait-il se soustraire à ses obligations présentes ? N'était-il pas pourvoyeur d'une famille qui finirait par s'agrandir ? Mais en avait-il vraiment envie ?

Fernand bénit en silence la nature qui, par caprice, les privait momentanément d'une famille nombreuse. Les longues heures passées devant sa machine à piquer ne lui procuraient qu'un maigre salaire et sans les talents de maraîchère, de cuisinière et de couturière de sa femme, il ne sait pas s'il aurait pu même imaginer construire sa maison. L'argent se gagnait à la sueur des fronts et à la force des bras et ce n'était pas près de changer.

Les sermons du curé, les dimanches, qui préconisaient qu'il fallait peupler le pays n'y faisaient pas grand-chose : de plus en plus de couples avaient recours à des capotes anglaises qui se vendaient au noir.

Fernand avait songé y avoir recours, mais il n'avait pas encore trouvé le courage d'en parler à Henriette.

— T'as décidé de faire d'autres guérisons ? demanda sa femme, le tirant de sa réflexion. T'avais pourtant dit que tu utiliserais plus le don que ta mère t'avait légué, non ?

Henriette avait entendu vaguement parler de ce don, à propos duquel son mari s'était toujours fait très discret.

— Oui, j'avais mis ça de côté, mais monsieur Dufresne a entendu parler de moi et il m'a demandé de soigner son invité. J'avais pas vraiment le choix…

— C'est toi qui sais ce que tu dois faire, conclut sa femme en se dirigeant vers la salle de bain où elle se réfugia.

Anxieuse, Henriette ouvrit le robinet, mit ses mains en coupe et s'arrosa le visage. La fraîcheur de l'eau sur ses joues en feu lui fit du bien. Lorsqu'elle se releva, son regard s'accrocha à celui que lui renvoyait le miroir.

« Tu as menti… », lui chuchota une petite voix insidieuse.

Henriette se rappela les battements de son cœur quand elle avait cru que le perfide Ernest avait répandu la rumeur que Ross Miles visitait secrètement sa belle-sœur. Elle le savait capable de tout pour se venger de son benjamin qui lui avait fait du tort.

Deux coups discrets frappés sur la porte la firent sursauter.

— As-tu fini ? J'ai besoin d'aller aux toilettes, demanda Fernand.

— Oui, oui… s'empressa-t-elle de répondre avant d'essuyer son visage avec la serviette tout près.

Fernand entra sans y avoir été invité, visiblement pressé.

— As-tu pleuré ? questionna-t-il devant les joues rougies de sa femme.

— Pourquoi j'aurais pleuré, dis-moi ? Je me suis lavé le visage à l'eau froide, comme d'habitude, rectifia-t-elle.

Fernand ne répliqua pas, trop occupé qu'il était à soulager sa vessie gonflée.

Henriette en profita pour s'esquiver en direction du fauteuil berçant qu'elle avait abandonné quelques minutes auparavant. Elle s'y réinstalla et attrapa son tricot laissé en plan sur une petite table sur laquelle une lampe à l'abat-jour beige, au bas duquel la ménagère avait cousu une bande de dentelle de la même couleur, diffusait une lumière douce. Elle tendit la main vers la radio et tourna le bouton du volume. La voix du présentateur se fit aussitôt entendre :

« Voici un autre épisode d'*Un homme et son péché...* »

Les aiguilles à tricoter s'agitèrent aussitôt entre ses doigts agiles.

En revenant de la salle de bain, Fernand s'arrêta et l'observa un moment. La tête inclinée s'accordant doucement au rythme imposé par le fauteuil, les épaules un peu voûtées par le poids de la fatigue, mais surtout les lèvres pincées, retinrent son attention.

Sa femme avait l'air contrarié...

Ce n'était pas dans l'habitude du couple de ne pas se parler avant d'aller au lit. Cependant, Fernand se surprit à être content, ce soir-là, de ne pas avoir à se soumettre à ce rituel.

— Bonne nuit, laissa-t-il tomber d'un ton neutre.

— Bonne nuit... répondit Henriette sans lever les yeux de son tricot.

Fernand entra dans la chambre et se coucha aussitôt sans même prendre le temps de réciter sa prière.

Chapitre 20

Le don

— Entrez ! Entrez, monsieur Miles.

L'artiste passa le seuil mais demeura planté sur le plancher ciré.

— Mes pieds sont enneigés… commença-t-il.

— C'est pas grave, vous pouvez rester là, ce sera pas bien long de toutes façons, le rassura Fernand.

— Vous êtes bien gentil de me recevoir si tard.

— Bah, demain c'est dimanche. Je peux me coucher plus tard, vu que je rentre pas à l'usine à sept heures.

Fernand ponctua son explication d'un petit rire gêné.

— Vous pouvez enlever vos gants, dit-il à son visiteur.

Ce dernier obtempéra, révélant ses mains couvertes de boursouflures tantôt rosées, tantôt recouvertes d'une croûte blanchâtre.

— Oh ! s'exclama Fernand qui n'en avait jamais vu autant sur une seule main.

— J'en ai trop, vous pensez ? s'alarma Ross, inquiet.

— Vous en avez beaucoup, c'est certain. Trop ? C'est ce qu'on verra. On va commencer par y aller une à la fois. S'il faut plusieurs fois, pour toutes les faire disparaître, rien ne vous empêche de revenir me voir, le rassura le guérisseur.

— D'accord.

— Avant de commencer, vous devez me promettre de faire tout ce que je vous dirai après.

— Je vous le promets.

— Dès maintenant, je vais vous demander de croire en moi.

Ross Miles plongea ses prunelles d'azur dans celles d'un brun profond de son vis-à-vis.

— Je crois en vous… souffla le peintre.

— Tendez votre main droite, commença Fernand.

Docile, Ross Miles obéit.

Fernand sortit alors de sa poche un pois jaune, puisé à même la réserve qu'Henriette gardait dans le garde-manger, et qui servait à préparer une soupe dont toute la famille raffolait. De la main gauche, il soutint fermement celle de Ross tandis que le pois, prisonnier entre le pouce et l'index de sa main droite, dessinait des petits cercles autour de la première verrue. Il fit ainsi pour les trois premières avant de jeter le pois dans une soucoupe placée sur le bout du comptoir. Sans attendre, il chercha au fond de la poche de son pantalon, retira un second pois avec lequel il continua le processus.

Ross Miles ne bougeait pas, retenant son souffle pour ne pas déranger Fernand dont le visage était tout proche et dont les lèvres remuaient en silence, prononçant des incantations secrètes connues seulement par le guérisseur.

L'artiste compara un moment ce rituel à celui que les chamans devaient faire dans les tribus amérindiennes qui avaient vécu sur ces terres bien avant les hommes blancs.

Après avoir décrit des cercles autour des sept plus grosses verrues, Fernand délaissa la main de Ross et d'un geste, lui signifia de tendre l'autre main.

Il fallut quatre pois jaunes avant que le rituel ne prenne fin.

— Maintenant, promettez-moi de penser à moi chaque fois que vous regarderez vos mains, demanda Fernand.

— Je vous le promets.

— Et ne portez plus ces gants de cuir, ça garde trop l'humidité. Portez plutôt des gants de coton.

— Très bien.

Fernand prit la soucoupe dans laquelle roulèrent les quatre pois et s'empressa d'aller les jeter dans la cuvette des toilettes, dont il actionna aussitôt la chasse d'eau. Quand il revint vers son visiteur, celui-ci lui tendit un billet de cinq dollars.

— Non, non, non, refusa Fernand. Si vous me donnez de l'argent, ça marchera pas. Il faut que ça reste gratuit.

— Mais je voudrais vous…

— Non, c'est non ! déclara Fernand sur un ton qui se voulait sans réplique.

— Dans ce cas… conclut Ross en remettant le billet au fond de la poche de son manteau. J'aimerais vous proposer de faire le portrait de votre fils et de votre femme.

Il lui expliqua qu'il recherchait des modèles pour parfaire son art du portrait.

— Je vais en parler à ma femme. C'est elle, après tout, qui est concernée.

— Bien sûr, acquiesça Ross.

— Revenez me voir dans un mois et essayez d'oublier ces verrues. Elles partiront d'elles-mêmes. Surtout, n'enlevez pas les gales. Laissez agir le temps.

— Merci beaucoup, monsieur Dupré.

Ross Miles prit congé de son hôte d'un signe de la tête.

Dehors, un vent taquin faisait danser des flocons de neige.

Ross Miles ouvrit la portière et leva la tête vers la fenêtre de l'étage derrière laquelle, il le sentait, Henriette l'épiait. Il sourit et prit place dans la voiture, mit aussitôt le moteur en marche et quitta les abords du domicile de celle qui hantait ses jours et ses nuits.

Chapitre 21

La séance

La voiture se gara devant une maisonnette à un étage en planches de cèdre placées à la verticale. Tout autour, les jardins, fleuris en été, étaient ensevelis sous une mince couche de neige immaculée. Les petits sentiers, qui louvoyaient entre les bâtiments de cet ancien complexe industriel d'Émileville, avaient été dégagés afin de faciliter l'accès aux différents chalets mis à la disposition des artistes invités par Homer Dufresne qui, à la demande de mécènes anglophones de ses amis, projetait de promouvoir les arts, mais aussi de faire de cet endroit pittoresque un lieu d'enseignement. C'était un projet ambitieux et Homer Dufresne ne se privait pas d'investir temps et argent pour le réaliser. Il y passait d'ailleurs tous ses loisirs.

Henriette hésita un moment. Elle chercha des yeux l'homme qui lui avait donné rendez-vous, mais ne le vit pas. Près d'elle, Maurice, vêtu de son plus beau manteau d'hiver en lainage marine et d'un chapeau de même couleur, tirait d'un geste impatient sur le cordon fixé sous son menton.

— Arrête de tirer sur ton cordon comme ça, s'énerva Henriette.

— Est-ce que vous y allez ? interrogea Pierre Chenevert dont les services de chauffeur avaient été réquisitionnés pour l'occasion.

— Oui, bien sûr…

Sans plus d'hésitation, Henriette ouvrit la portière et sortit du véhicule, entraînant un Maurice récalcitrant à sa suite.

— Madame Dupré !

L'interpellée tourna la tête vers l'endroit d'où lui parvenait la voix à l'accent prononcé.

Ross Miles était debout dans l'embrasure d'une porte basse. Un pinceau à la main, un chiffon barbouillé dans l'autre. Il lui souriait.

— Venez ! l'invita-t-il en appuyant sa demande d'un élégant geste de sa main gantée qui tenait la guenille.

Henriette s'exécuta non sans avoir mentionné à son chauffeur l'heure à laquelle il devait venir la reprendre.

— Je serai ici à quatre heures pile, lui confirma-t-il.

— Merci, monsieur Chenevert.

L'homme la salua du chef et quitta l'endroit à la suite d'une autre voiture.

— Bonjour ! Venez ! J'ai déjà tout mis en place, lui dit Ross.

— Merci, répondit timidement Henriette en franchissant le seuil de l'atelier.

À l'intérieur, la lumière diffusée par de larges verrières surplombant la rivière et le barrage l'éblouit. L'emplacement du chalet offrait à l'artiste le loisir de peindre les paysages sans sortir de son studio. La montagne au loin, avec ses teintes bleu-violet que seuls les conifères peuvent présenter en hiver, formait une ligne sombre au-dessus d'un éperon rocheux sur lequel s'appuyait le barrage. En amont, la rivière, libérée de son manteau de glace, laissait couler une eau sombre mais tranquille. C'était assurément un endroit idéal pour un artiste. Sur les murs, tout autour, une multitude de toiles représentant le paysage le lui confirma. Sur un piédestal, une statue représentant une femme nue lui fit détourner pudiquement le regard.

Henriette se trouva bête.

Comment une œuvre d'art pouvait-elle provoquer chez elle pareille gêne, pareil malaise ? Elle en mit la faute sur les sempiternels prêches des curés qui, depuis sa plus tendre enfance, mettaient leurs ouailles en garde contre les péchés de la chair.

Une colère contre ces bien-pensants qui empêchaient les gens du petit peuple de contempler ce que l'art pouvait offrir de beau lui fit relever le front. Elle s'approcha de la sculpture, enleva son gant et en toucha les courbes.

Sous ses doigts, la fraîche douceur du marbre la surprit.

— Elle est belle, n'est-ce pas ? demanda Ross derrière elle.

Henriette acquiesça silencieusement et se tourna vers lui.

— Où voulez-vous qu'on s'installe, Maurice et moi ?

— Par ici, dans le fauteuil. Maurice sur le tabouret à côté.

Henriette se dirigea vers l'endroit indiqué. Une fois près du fauteuil, elle s'empressa d'enlever le manteau et le chapeau de son fils. Elle chercha où les déposer quand Ross vint à sa rescousse.

— Comme je suis un mauvais hôte ! Pardonnez-moi, s'excusa-t-il en prenant les vêtements de l'enfant. Donnez-moi aussi votre manteau.

Le peintre alla aussitôt déposer le tout sur une table au fond de la pièce. La jeune femme remarqua que le peintre avait troqué ses gants de cuir contre des gants de coton blanc, comme le lui avait conseillé Fernand.

— Asseyez-vous, je vous en prie, dit-il en revenant près de la mère et du fils.

Henriette prit place, imitée par Maurice qui chercha une position confortable sur le petit tabouret.

Ross alla vers la droite, dénicha une lampe torchère derrière un paravent aux dessins exotiques, revint la placer derrière le fauteuil. Il alla ensuite s'installer derrière une toile de bonnes dimensions placée sur un chevalet de bois pâle.

Henriette et Maurice l'observaient en silence, attendant les instructions du maître. Miles fixa un long moment ses deux modèles d'un regard à la fois perçant et soucieux.

Henriette se demanda si sa tenue était adéquate et se trouva soudain totalement ridicule.

« J'aurais jamais dû accepter l'offre de ce peintre… », s'admonesta-t-elle.

Quand elle avait fait part à Fernand de sa décision finale, celui-ci en avait été très content. D'autant plus qu'il voyait en cet artiste un gentleman sérieux et professionnel.

— On pourra mettre la peinture dans notre nouveau salon, lui avait-il dit.

— Tu trouves pas que c'est exagéré de me mettre ainsi en valeur ? avait-elle objecté.

— Les riches Anglais de Westmount le font bien, eux, avait-il rétorqué.

— On vit pas à Westmount. On n'est pas anglais ni riches non plus…

Fernand avait ri de son air contrarié. Elle, d'habitude si calme, si posée en toutes circonstances, se rebiffait pour une peccadille.

— Je vais avoir l'impression d'aller à une mascarade, avait-elle ajouté.

— Si t'aimes mieux pas y aller, c'est ton droit. Mais c'est dur de refuser maintenant…

— Comment ça ?

— Ce monsieur Miles, c'est un grand ami de mon patron…

Henriette avait fait la moue, et avait plié.

Quand elle en avait glissé un mot à sa cousine Jeanne, celle-ci avait émis une opinion qui l'avait encouragée.

— Un tableau de Ross Miles ! Penses-y ! C'est un artiste connu. Sa toile va valoir cher. C'est un superbe cadeau qu'il te fait.

— J'aime pas ça me mettre en valeur comme ça. Tu me connais…

— Justement, je te connais assez pour te conseiller de t'amuser un peu. Lâche ton fou !

— J'ai de l'ouvrage à la maison, j'ai pas le temps…

— Voyons donc ! T'as le temps certain ! Avec un seul enfant… avait répliqué sa cousine.

Elle avait aussitôt regretté ses paroles.

— C'est pas ce que j'ai voulu dire… se reprit-elle. Mais on a tellement le sens du devoir ancré dans la peau, s'amusa-t-elle en se pinçant le bras pour appuyer ses dires, qu'on prend pas le temps de se faire plaisir.

Henriette avait ri devant les grimaces de sa cousine préférée.

— D'ailleurs, si on croyait tout ce que le curé dit en chaire le dimanche, on serait l'incarnation du Mal sur terre ! renchérit Henriette, imitant le roulement des « r » du curé Vigneault.

Leurs rires avaient fait lever la tête d'Armand et de Maurice qui jouaient sagement assis par terre près de la fenêtre.

— Moi, à ta place, j'hésiterais pas une minute et j'accepterais le cadeau que ce peintre t'offre si gentiment. Il te doit rien, cet homme…

— Il a failli frapper Maurice avec sa grosse voiture ! s'insurgea Henriette.

— Mais c'est pas arrivé. Il t'est redevable de rien du tout.

Henriette avait baissé les yeux sur ses mains jointes. À son annulaire, l'anneau d'or poli brillait sous un rayon de soleil timide qui filtrait à travers les rideaux de mousseline couleur pêche, lui rappelant qu'elle n'avait rien à craindre puisqu'elle était une femme mariée.

— Merci, avait simplement dit Henriette, reconnaissante des paroles pleines de bon sens de sa seule véritable amie.

*

— Pouvez-vous vous tourner un peu sur votre gauche ? demanda Ross Miles en la fixant d'un air sérieux.

Henriette s'exécuta tant bien que mal.

La position qu'elle adopta coinça le bas de sa robe de lainage beige clair, qu'elle avait choisie pour l'occasion, dévoilant ses genoux et ses cuisses. Elle rabattit le tissu d'un geste brusque, espérant que le peintre n'avait rien perçu de son embarras.

Miles s'approcha d'elle. D'un geste aussi doux que l'effleurement d'une aile de papillon, il déplaça la masse soyeuse de ses cheveux qui retombaient sur ses épaules et les plaça d'un seul côté, découvrant ainsi la peau de son cou, que les journées passées dans le jardin avaient bronzée. La teinte ambrée tranchait sur le beige de la robe et Ross Miles sourit, satisfait. Il posa ensuite ses mains fines sur les épaules d'Henriette, exerça une pression afin qu'elles roulent doucement vers l'arrière, replaça ensuite la broche qu'elle avait pris soin d'accrocher à son corsage.

Le bijou, un oiseau exotique en métal plaqué or et orné de paillettes multicolores, donnait une jolie touche de couleur à sa tenue.

Ross se pencha et scruta longuement le visage d'Henriette qui, mal à l'aise sous l'insistance de ce regard, ne savait plus à quel saint se vouer. Quand ses yeux rencontrèrent ceux du peintre, elle eut le vertige.

Une sensation inédite la fit frissonner de la tête aux pieds. Son souffle devint court et rapide, se mariant aux battements de son cœur emballé. Subjuguée par la force de cette émotion, Henriette n'arrivait pas à se soustraire aux prunelles de feu qui la fixaient intensément.

Un brouillard tenait son imagination prisonnière d'un sentiment inconnu, irréel, son esprit et son corps flottaient dans une zone intemporelle et bienheureuse.

— Maman…

L'appel de l'enfant la ramena au présent.

— Oui, je suis là, réussit-elle à dire en portant son attention vers celui dont la patience commençait à faire défaut.

— Je vois que Maurice est fatigué, déclara Ross qui alla se replacer derrière son chevalet.

Avec des gestes amples, comme s'il balayait l'air devant lui, il se mit à tracer les grandes lignes du portrait, jetant de brefs coups d'œil à ses modèles visiblement déjà impatients de voir la séance se terminer.

La respiration d'Henriette était redevenue normale et elle mit sur le compte de la nervosité l'espèce de transe qu'elle venait de vivre.

« C'est peut-être ça, le coup de foudre ? », questionna une voix malicieuse au fond de son cœur.

Henriette repensa à l'émotion, aussi intense que fugace, qui lui avait fait perdre tous ses repères, et chercha dans ses souvenirs un sentiment équivalent. À son grand désarroi, elle n'en trouva aucun, même pas le premier jour où elle s'était donnée à Fernand.

« Serait-ce l'amour, alors ? », renchérit la petite voix.

Henriette secoua la tête pour se soustraire à ce questionnement qui mettait sa raison en déroute. Elle porta un regard attendri sur Maurice qui, en enfant sage, faisait tourner une petite pelote de tissu que Ross lui avait placée entre les mains.

Tout le reste de la séance, la femme évita le regard de celui qui avait mis ses sens, son devoir et même sa foi à l'épreuve. Elle n'avait qu'une envie, quitter cet endroit au plus vite et n'y jamais remettre les pieds.

Dehors, un coup de klaxon leur fit comprendre que monsieur Chenevert venait d'arriver.

— Votre chauffeur ? Déjà ? s'étonna Ross en regardant l'heure à l'horloge accrochée au mur en face de lui.

— Oui… dit Henriette, soulagée.

— Quand pouvez-vous revenir ? demanda-t-il en déposant son fusain sur le bord du chevalet.

— Revenir ? s'exclama-t-elle.

— J'ai à peine eu le temps de tracer l'esquisse, se défendit-il.

— Je croyais qu'une seule séance aurait suffi. Je sais pas si…

Elle se tenait debout devant celui qui l'avait rejointe et dont la proximité la troublait toujours autant.

— Je calcule que ça va prendre au moins trois autres jours, annonça-t-il en dressant l'index, le majeur et l'annulaire de sa main droite gantée de coton sali par le fusain.

— Trois jours ! Je sais vraiment pas si je vais pouvoir…

— Je reste à votre disposition. Venez quand vous le pourrez. Plus tôt ce sera fini, mieux ce sera. J'ai d'autres engagements, vous savez…

— Oui, bien sûr, dit-elle vivement, se sentant complètement idiote. Vous êtes un grand artiste.

— Oh, pas tant que ça, dit-il humblement.

Henriette alla chercher les vêtements de Maurice et les lui enfila sans tarder.

Ross avait enlevé ses gants et s'était emparé du manteau de sa cliente. Henriette remarqua aussitôt que les verrues que Fernand avait traitées avaient diminué de presque la moitié.

— Vos verrues… osa-t-elle.

— C'est presque miraculeux ! s'exclama-t-il. Je suis les directives de votre mari et ça marche. D'ailleurs, je pense retourner le voir bientôt pour un autre traitement.

Ross l'aida à mettre son manteau. Ses mains s'attardèrent sur ses épaules d'abord puis sur ses bras sur lesquels il exerça une légère pression. Un frisson parcourut l'échine d'Henriette qui ferma les yeux.

— Je vous attends pour continuer le portrait… lui souffla-t-il à l'oreille.

Le souffle chaud sur sa nuque et l'odeur de son parfum, mélange de musc et de santal, l'enivrèrent.

Le klaxon se fit entendre une seconde fois.

— Je dois y aller, dit Henriette en empoignant la courroie de son sac d'une main et le bras de Maurice de l'autre.

— Au revoir, lança Ross Miles quand ils franchirent la porte.

Demeuré seul, le peintre marcha vers la petite fenêtre donnant sur la cour. Il se délecta de la vue de cette femme qu'il désirait de tout son être. Il se jura qu'il la ferait sienne avant de repartir pour la Virginie où sa femme l'attendait pour la fête de Pâques.

Chapitre 22

Kildare

— Il s'est blessé ?

— Oui, en tombant sur la glace. Il s'est fracturé la hanche. Il ne doit pas marcher avant au moins un mois.

— Un mois ! ?

— On n'a pas le choix, Henriette, on est les seuls à pouvoir en prendre soin.

Les paroles de Fernand résonnaient aux oreilles d'Henriette comme autant de coups de maillet frappés sur la peau tendue d'un tambour.

Le beau-père… À la maison…

Henriette entrevoyait déjà tout le travail supplémentaire que la présence d'un invalide occasionnerait. Elle songea aux repas, au lavage, aux changements à apporter pour aménager une chambre au rez-de-chaussée afin que son beau-père soit plus près de la salle de bain. Elle pensa à sa liberté quotidienne, entravée par la présence de celui qui ne pourrait se mouvoir qu'en fauteuil roulant. Elle songea avec dégoût aux soins à apporter pour garder adéquate l'hygiène corporelle du vieil homme. Sans parler des médicaments qu'Henriette devrait lui administrer régulièrement, ainsi que certains massages dans le bas du dos, dont il aurait besoin afin de contrer les malaises liés à une trop longue inactivité.

— C'est toute une tâche que tu me demandes là, avait-elle déclaré. Je suis pas infirmière ! Y a personne d'autre qui peut s'en occuper ?

— Annette s'occupe déjà de sa belle-mère et Alma n'est pas assez en santé. Rosario… on n'y pense même pas. Et Adrien, y est dans le Nord.

— Et Ernest ? suggéra Henriette.

— Tu sais bien qu'entre papa et lui, c'est fini pour la vie ! s'exaspéra Fernand.

Henriette ne le savait que trop, mais elle n'avait pu s'abstenir de penser que l'aîné de la famille s'en tirait à trop bon compte.

— Quand va-t-il sortir de l'hôpital ? demanda-t-elle encore.

— Demain.

— Ça laisse pas grand temps pour s'organiser…

— On va y arriver. Pour commencer, on va placer le lit où dormait Louise dans la pièce en avant. Avec les deux fenêtres pis la garde-robe, ça va lui faire une belle chambre.

— Pis ton bureau ? Toi qui avais fait c't'office-là juste pour toi ?

— Je le mettrai dans le salon le temps que ça va durer. De toutes façons, le salon sert quasiment juste quand on reçoit de la visite.

— Pis ça arrive pas souvent… précisa Henriette d'un ton morose.

Le mois de février et ses froidures décourageaient la parenté et les amis. Henriette n'avait pas eu de nouvelles de ses sœurs. Elle pensa à Estelle et à Gaston dont elle demeurait sans nouvelles, à Laurette, à Rose-Aimée nouvellement emménagée à Montréal avec sa famille et à Aline, confinée dans son rang isolé près de Valcourt.

Elle se trouva bien seule, mais se consola à l'idée que sa cousine Jeanne habitait au village, pas bien loin de chez elle.

La semaine dernière, après la messe de huit heures à laquelle Henriette assistait pendant que Fernand s'occupait des enfants, elle lui avait rendu une courte visite.

Quand Jeanne avait ouvert la porte, Henriette avait été surprise de la trouver dans un bien piteux état. Ses cheveux habituellement coiffés pendaient lamentablement sur ses épaules recouvertes d'un châle de laine. Dans ses pantoufles, ses pieds avaient doublé de volume, tout comme ses jambes d'ailleurs.

Visiblement, sa grossesse l'accablait.

— Je suis supposée accoucher dans trois semaines, mais je sais pas comment je vais faire pour me rendre jusque-là, avait-elle affirmé quand les deux amies s'étaient attablées devant une tasse de thé bien chaud.

Henriette l'avait encouragée du mieux qu'elle avait pu, réitérant qu'elle demeurait disponible pour garder Armand et Angélique quand les premiers signes de l'accouchement surviendraient.

Son temps étant compté, Henriette était repartie en toute hâte vers sa maison où Fernand se préparait déjà pour la messe de neuf heures et demie, qui commençait dans moins de dix minutes.

— Téléphone-moi ! avait-elle lancé en prenant congé de Jeanne qui referma la porte sans attendre.

Devant la pénible situation de sa cousine, Henriette n'avait pas trouvé très charitable de se plaindre de la sienne.

Qu'avait-elle à demander de plus que ce qu'elle avait déjà ? Un enfant en bonne santé, un mari compréhensif et aimant, une situation financière appréciable, un frigidaire bien rempli, son jardin, ses soirées animées par les feuilletons à la radio…

« Kildare ne sera là qu'un certain temps », la rassura la petite voix.

— Ouais… ça durera pas toujours, se convainquit-elle en courant vers sa maison où Fernand, paletot sur le dos et chouclaques aux pieds, l'attendait.

Chapitre 23

Le sabotage

— Vous avez une idée de combien coûte cette machine ?

Le ton d'Homer Dufresne était cassant. Ce matin, quelqu'un avait délibérément brisé le mécanisme d'une machine à trimer le cuir, ce qui entraînait un ralentissement important de la chaîne de production.

— Qui a fait ça ? demanda le patron en brandissant une tige de métal tordue qu'il venait d'extirper du cœur du moteur.

Autour de lui, les ouvriers rassemblés baissèrent la tête, se soustrayant au regard d'épervier de monsieur Dufresne.

— Qui a fait ça ? cria-t-il cette fois.

Le silence de ses hommes lui démontra que ses employés se liguaient contre lui. Depuis le début de l'année, plusieurs manufactures avaient connu leur lot d'actes de sabotage semblables à celui-ci. La pression des syndicats se faisait de plus en plus forte et des alliances se créaient entre les différentes unions. Les patrons d'entreprise y voyaient un véritable fléau.

Dans les rangs des employés, on jasait... Dans ceux des patrons, on grognait...

Les insatisfactions face aux salaires et aux conditions de travail étaient au centre des litiges. Dans tous les domaines, les travailleurs manifestaient leur mécontentement. Des grèves spontanées, des sabotages avaient lieu tous les jours. À Montréal, les professeurs avaient créé une alliance syndicale qui déplaisait au plus haut point au premier ministre Maurice Duplessis, qui menaçait les institutions de leur enlever leurs subventions s'ils entraient en grève.

—Je ne partirai pas d'ici tant que je ne saurai pas qui a fait ça! tonna Homer Dufresne.

Pas un mot, pas un geste ne lui permit de croire que le coupable se présenterait devant lui et, soumis, avouerait sa faute.

—Monsieur Dufresne, osa doucement Fernand. Est-ce que je peux vous parler?

Le patron, les yeux exorbités, tourna vers lui un regard rempli de colère.

—Il faut que je vous parle, insista Fernand.

Un mouvement parmi les employés fit comprendre au patron qu'il n'était plus maître chez lui désormais.

Mais ça, il ne le savait que trop bien. Les syndicats devenaient de plus en plus forts.

— Viens dans mon bureau ! ordonna-t-il à Fernand qui le suivit tout de go. Et vous autres, au travail ! tonna le patron sans se retourner.

Derrière eux, les employés rompirent les rangs et se dirigèrent à pas lents vers les monstres d'acier qui s'abreuvaient à même leur sueur.

Homer Dufresne entra dans son bureau, Fernand sur les talons.

— Ferme la porte, lui dit son patron.

Dufresne demeura debout devant son bureau tandis que Fernand resta près de la porte.

— Qu'est-ce que je vous ai fait ? demanda monsieur Dufresne en lançant à Fernand un regard furibond.

— Rien…

— Pourquoi, d'abord ?

— C'est pour appuyer les autres travailleurs… Comme ceux qui travaillent à la mine d'Asbestos ou à Valleyfield et à Montréal.

— On n'est pas à Asbestos ni à Valleyfield ici et encore moins à Montréal ! C'est différent ! On est une grande famille. On se connaît tous ! On se voit tous les jours, on va à l'église ensemble. Pourquoi, tout à coup, ça arrive ici ? Qu'est-ce que je vous ai fait ?

Fernand baissa la tête et s'attarda un moment sur ses mains couvertes de poussière de cuir.

Pendant la dernière réunion de l'Ordre à laquelle il avait assisté, monsieur Gendron avait parlé des professeurs à l'emploi du Conseil des écoles catholiques de Montréal, exaspérés du dialogue de sourds avec leur employeur. Le conflit perdurait depuis plus de dix mois et tout portait à croire que les syndiqués braveraient les menaces de représailles et iraient jusqu'au bout de leurs revendications. Le mot « grève » était sur toutes les lèvres.

L'Ordre voulait profiter de cette situation pour influencer les syndicats catholiques, mais il lui fallait aussi placer ses pions aux bons endroits pour empêcher que n'éclate une révolution qui servirait les desseins des associations communistes, qui pourraient en profiter pour créer des échauffourées ou installer la zizanie entre les grévistes.

— Les employés ne sont pas contre vous, monsieur Dufresne, commença calmement Fernand en relevant la tête et en fixant son patron sans sourciller. Ce sont les conditions de travail qui les démotivent.

— Les conditions !

— Avez-vous déjà passé six heures devant une machine qui fait un vacarme continu, monsieur Dufresne ?

— Je…

— Qui vous crache une fine poussière de cuir qui vous entre dans le nez, la bouche, vous colle aux cheveux, à la peau et aux vêtements ?

— J'ai toujours…

— Ou encore au-dessus du bocal de colle chaude, dont les vapeurs sont tellement fortes qu'il faut placer la tête de côté pour ne pas étouffer ?

Fernand avait martelé ses dernières phrases en marchant posément vers celui qui le fixait maintenant avec de gros yeux.

— C'est si pire que ça ?

— Imaginez soixante heures par semaine... Pendant des mois... Des années...

Fernand ne quittait pas des yeux celui qui pliait maintenant l'échine, comme si le labeur de tous ces gens réunis tombait sur ses épaules.

Homer Dufresne se dirigea d'un pas lourd vers le fauteuil de cuir capitonné placé derrière son immense bureau en bois d'acajou verni. Il s'y laissa choir, comme un animal blessé.

Fernand ne dit mot, laissant à son patron le temps de se ressaisir.

— Dis-moi ce que je dois faire, dit-il en levant des yeux tristes vers celui en qui il mettait toute sa confiance.

Fernand s'approcha du bureau sur le dessus duquel il posa ses mains aux ongles noircis, pria la Vierge en silence, lui demandant de le guider dans le choix des mots qui sauraient ramener la paix entre les deux parties.

— Tout d'abord, il faudrait que l'usine soit mieux ventilée. Avec plus de fenêtres, ça aiderait aussi pour la lumière. Et puis le bruit des machines pourrait être assourdi grâce à…

Homer Dufresne écouta religieusement celui qui parlait avec loyauté et sincérité.

Dans son for intérieur, Fernand bénissait le Ciel de pouvoir contribuer à sa manière au mieux-être de ses camarades de travail, mais aussi à l'œuvre secrète de l'Ordre dont il faisait partie : améliorer le sort des Canadiens français.

Chapitre 24

Les remords

Le mois d'avril avec ses giboulées avait apporté son lot de désagréments. La pluie succédait aux chutes de neige, rendant le terrain autour de la nouvelle maison constamment boueux. Le grésil nocturne s'accumulait sur les trottoirs et les rues comme un tapis de verre.

Kildare logeait chez son fils cadet depuis son accident et, même s'il tentait de se faire le plus discret possible, son invalidité l'obligeait à demander l'aide de sa belle-fille. Henriette s'occupait de son beau-père sans rechigner, toujours avec affabilité et respect. Kildare était mortifié de devoir se soumettre aux soins de cette femme qui, en véritable infirmière, voyait régulièrement à l'hygiène personnelle de celui que la vieillesse n'épargnait pas. Kildare maudissait cette chute qui lui avait enlevé sa liberté et sa dignité. Alité pendant plusieurs semaines, il avait cru pouvoir retrouver une certaine autonomie grâce à un fauteuil roulant acheté à prix fort. Hélas ! l'engin étant conçu pour les corridors des hôpitaux, Kildare ne pouvait pas se déplacer dans le couloir étroit entre sa chambre et la salle de bain sans aide.

— Henriette ?

Dans la cuisine, le bruit d'un robinet qui coule se tut immédiatement. Le clic-clac des souliers sur le linoléum fit comprendre à Kildare que son appel avait été entendu.

— J'ai besoin d'aller où tu sais, dit-il en souriant piteusement à sa belle-fille qui venait d'arriver dans la chambre.

D'un bref signe de la tête, Henriette montra qu'elle avait compris. Elle s'empressa aussitôt vers le vieil homme assis dans son lit.

Elle prit les pantoufles sur le sol et les lui enfila avant de le revêtir de sa robe de chambre en coton chenille de couleur bourgogne. La femme alla ensuite chercher le fauteuil roulant qu'elle approcha le plus près du lit. Elle enclencha le frein avant de se tourner vers son beau-père.

— Venez, dit-elle simplement en passant son bras sous celui du vieil homme, l'incitant à s'y appuyer.

Kildare s'exécuta lentement. Une grimace de douleur n'échappa pas à Henriette, qui affermit son emprise en serrant davantage son bras sous le sien.

— Ça va ? demanda-t-elle.

Kildare hocha la tête sans la regarder, concentrant son attention sur le fauteuil roulant sur le bras duquel il posa une main tremblante.

Après un suprême effort, il se laissa enfin choir sur le siège de cuir.

— Ouf! Je te dis que c'est pas drôle, vieillir... dit-il en soupirant.

— C'est juste un mauvais moment à passer, voulut l'encourager sa belle-fille.

Henriette ne savait pourtant que trop bien que Kildare avait raison.

« À son âge, une fracture de la hanche, ça ne se guérit pas très bien... », avait déclaré le docteur.

— Dire qu'y a pas si longtemps je pouvais encore marcher, murmura son beau-père.

— Avec de la patience, ça va sûrement revenir...

— Je me fais pas d'illusion. Je suis plus capable. Je suis trop vieux...

— On va vous aider...

— T'es pas obligée de faire ça pour moi, tu sais...

— Ça me fait plaisir de vous aider, monsieur Dupré. Pis Fernand aussi.

Kildare baissa la tête.

— J'ai pas toujours été correct avec lui, se repentit le père qui, par orgueil, avait brisé les rêves de son fils.

— Comme parents, on fait ce qu'on peut, voulut le rassurer Henriette.

— J'aurais pu faire plus.

— Y faut voir le bon côté des choses, monsieur Dupré. Si vous lui aviez donné la ferme, on se serait jamais rencontrés, Fernand pis moi.

Kildare leva les yeux vers cette femme fière et honnête, placée providentiellement sur la route de celui qu'il avait déshérité par la faute d'une tradition archaïque insensée. Il s'en voulut de ne pas avoir suivi les conseils de sa précieuse Adèle et de ne pas avoir fait fi des conventions. Une larme perla au coin de son œil.

Henriette manœuvra le fauteuil pour sortir de la petite pièce, le poussa dans le corridor avant d'entrer dans la salle de bain dont elle referma la porte doucement.

Au début, la femme cachait le malaise qu'elle éprouvait chaque fois qu'elle devait aider son beau-père à s'asseoir sur la cuvette en fixant son regard sur le plancher.

Henriette n'avait pas du tout la vocation – encore moins les connaissances – pour jouer à l'infirmière, mais, en femme de devoir, elle tentait de faire du mieux qu'elle le pouvait pour répondre aux besoins toujours grandissants de celui qui se morfondait de plus en plus.

Heureusement il y avait Maurice. Le garçon passait de longues heures en compagnie de son grand-père, qui éprouvait pour lui une profonde affection. Les rires de l'enfant étaient une source inépuisable d'apaisement et de joie pour Kildare, tandis que le petit se repaissait des récits de son grand-père qui parlait de son passé, de la ferme, de son exil, de sa femme Adèle.

Henriette attendait maintenant dans le corridor, près de la porte fermée de la salle de bain. Elle posa les mains sur ses hanches. Leur rondeur inhabituelle la fit sourciller. D'instinct, elle porta ses mains à ses seins et palpa doucement. Eux aussi avaient grossi…

Hébétée, elle fouilla dans sa mémoire pour retrouver la date de ses dernières menstruations.

Dans le brouhaha qui avait suivi les réceptions des Fêtes, l'arrivée de son beau-père, la séance chez le peintre et le travail dans la nouvelle maison, elle n'avait pas fait attention à ce détail.

« D'autant plus que je suis pas régulière », songea-t-elle.

Des larmes lui montèrent aux yeux, signes d'une foi retrouvée.

« Fais-toi pas d'idées avant de voir le docteur », se raisonna-t-elle.

La confusion régna un court moment dans son cœur et dans sa tête.

« Je vais attendre de voir le docteur avant d'en parler à Fernand. »

— Henriette ?

Le signal était donné et Henriette s'empressa vers celui qui l'attendait.

Chapitre 25

Le pardon

— Vous êtes bel et bien enceinte, madame Dupré. Et d'au moins deux mois en plus, déclara le docteur.

— Deux mois !

— Vous avez dû concevoir peu de temps après les Fêtes.

Henriette sourit au souvenir d'une nuit où un désir intense l'avait tirée de son sommeil. C'était la première fois qu'elle avait réveillé son mari par des caresses savantes.

— Il va falloir surveiller votre poids, continua le docteur en remplissant une prescription. Comme vous le savez, c'est vers la fin de la grossesse que les femmes engraissent le plus et, à ce que je vois, vous avez déjà pris quelques livres.

Henriette acquiesça du chef, consciente qu'elle avait davantage consommé de tartes et de gâteaux avant que le carême et ses abstinences obligatoires ne fondent sur les chrétiens comme un vautour sur sa proie.

— Pas question cependant de vous priver de viande pendant les jours maigres. Pas de jeûne non plus, sauf les douze heures réglementaires avant d'aller communier.

— Bien sûr… confirma Henriette qui ne dérogeait jamais à ce sacrement.

— Comment va la hernie de votre mari ?

— Il en parle jamais.

— La ceinture le protège, mais ne le guérira pas.

— On sait ça.

— Il devrait penser à se faire opérer.

— Ça coûte trop cher.

— Il y a peut-être un moyen que le gouvernement paye une partie de l'opération si c'est prescrit par un spécialiste. Je vais voir ce que je peux faire.

Le médecin tendit une feuille de papier à Henriette.

— C'est une prescription pour des suppléments de fer. Vous devez en prendre trois par semaine pour prévenir une légère anémie. Vu que vous avez déjà eu une mauvaise expérience…

Le souvenir de l'avortement refit un moment surface dans la tête de la femme et du praticien.

— Je veux vous revoir le mois prochain, déclara le médecin en allant ouvrir la porte de son cabinet, signalant ainsi à sa patiente que la rencontre était terminée.

Henriette se leva et sortit en remerciant le docteur. Dans la salle d'attente, trois patients étaient assis.

Parmi eux, Henriette reconnut la fille aînée de son ancienne voisine, madame Choquette.

La jeune fille d'à peine seize ans avait les yeux bouffis et rougis, signe qu'elle avait beaucoup pleuré.

—Juliette, qu'est-ce que tu fais ici ? demanda Henriette.

La pauvrette leva vers celle qui l'interpellait un visage défait.

Henriette reconnut aussitôt la marque de la honte sur ses traits crispés, la peur au fond de son regard, le tremblement de ses lèvres, les mouvements nerveux de ses mains jointes. L'image de sa sœur Estelle se superposa à celle de cette jeune fille que l'amour avait probablement ensorcelée au point de lui faire perdre son honneur.

—Mademoiselle Choquette ? appela le docteur.

Juliette se leva d'un bond et courut presque se réfugier dans le cabinet du médecin, se soustrayant ainsi au regard interrogateur de celle qui, elle en était convaincue, avait percé son secret.

Henriette se tenait toujours devant la chaise laissée vacante par celle dont le calvaire commençait. Elle songea au bonheur que la naissance prochaine d'un enfant désiré pouvait engendrer et remercia Dieu de ne pas lui avoir fait vivre les affres d'une grossesse illégitime.

« Écris à Estelle », lui dicta une petite voix.

Se ressaisissant, Henriette sortit de la bâtisse, qui abritait à la fois la pharmacie et le bureau du docteur Chaput, et marcha d'un pas décidé vers sa maison, bien résolue à reprendre contact avec celle qui n'avait agi que selon les lois dictées par les hommes.

Dès son retour, elle s'était attablée et avait rédigé une lettre à Gaston. Avec lui aussi elle devait faire la paix et rétablir les liens qui, elle ne le savait que trop, demeureraient fragiles. Elle contempla le papier à lettre orné de mimosas au bas de la feuille. Par quoi commencer ? Comment trouver les mots pour convaincre son frère de sa sincérité alors que son silence, pendant lequel elle n'avait pas daigné donner signe de vie, faisait office de jugement ?

« Fernand doit savoir », murmura la petite voix.

Henriette se crispa à l'idée de la réaction qu'aurait son mari qui mettait un point d'honneur à respecter scrupuleusement les préceptes de la religion. Accepterait-il la déviation sexuelle de son frère ? Elle pensa qu'elle se devait d'avoir son approbation avant d'écrire cette lettre.

Henriette déposa le stylo qu'elle tenait entre ses doigts, près de la feuille qu'aucun mot n'avait noircie. Elle leva la tête vers la rangée de fenêtres qui laissait pénétrer une lumière blanche. N'eût été la ligne des arbres qui suivait la tracé de la rivière, le ciel et la neige se seraient confondus dans cette morne grisaille.

Sortant de la chambre de Kildare, Maurice s'avança vers sa mère et lui tendit les bras. Celle-ci l'attrapa sous les aisselles et l'installa sur ses genoux.

« Bientôt je devrai faire attention de ne pas le soulever ainsi », songea la future maman.

L'idée d'une nouvelle grossesse l'enchantait et l'apeurait tout à la fois. Le souvenir du petit Henri revint la hanter, mais la voix de Maurice la ramena à la réalité.

— J'ai faim, dit l'enfant.

— Je vais te donner un bon biscuit. Viens !

Henriette déposa l'enfant par terre, se leva et marcha vers la rangée d'armoires. Elle ouvrit l'une des portes de bois peint en blanc, se hissa sur la pointe des pieds, tendit les deux bras et s'empara d'un bocal de verre dans lequel s'empilaient des biscuits à l'avoine et aux raisins qu'elle avait faits deux jours plus tôt. Elle le déposa sur le dessus du comptoir en formica cerclé d'une ligne d'aluminium, ouvrit le récipient et tendit deux biscuits à Maurice qui attendait.

— Apportes-en un à grand-papa, lui dit-elle.

Un biscuit dans chaque main, l'enfant disparut en courant vers la chambre où Kildare l'attendait.

Henriette remercia le Ciel de la présence rassurante de celui qui, malgré son handicap passager, savait l'aider à sa manière en s'occupant de son petit-fils qu'il aimait beaucoup.

Henriette se servit une tasse de thé et reprit place devant la page blanche. Sans plus attendre, elle prit le stylo et se mit à rédiger sa lettre.

— Après tout, se rassura-t-elle, je veux juste lui demander l'adresse d'Estelle.

Elle songea un instant à attendre pour lui téléphoner le soir après le souper, mais un appel « longue distance » coûtait trop cher. Avec un enfant de plus, il allait falloir faire attention aux dépenses.

Finalement, elle décida de lui écrire.

Gaston,

Je sais que ça fait longtemps que je ne t'ai pas donné de mes nouvelles. Rassure-toi, je vais très bien. J'espère que tu vas bien, toi aussi. Je t'écris pour avoir l'adresse d'Estelle, au Connecticut. Je sais que vous vous êtes revus l'été dernier. J'aimerais avoir de ses nouvelles.

J'attends ta réponse avec impatience.

Ta sœur qui t'aime toujours,

Henriette

Quand elle déposa son stylo, Henriette eut l'impression qu'un poids, depuis trop longtemps lourd à porter, s'envolait de ses épaules ; celui de l'incompréhension peut-être, mais celui du jugement surtout.

Pour elle, malgré leurs défauts et leurs travers, son frère et ses sœurs demeuraient sa famille, et les liens du sang les unissant demeureraient éternellement noués, pour le meilleur ou pour le pire.

Elle pensa à Fernand, qui ne recevait plus guère de visite de sa propre famille. Elle s'en désola pour lui, certaine que son mari, même s'il n'en parlait pas, devait en souffrir.

« Si vous aviez une voiture, aussi, ce serait plus facile… », susurra la sempiternelle petite voix.

Avec ou sans voiture, Henriette comprenait l'importance de réunir les familles.

— Ne serait-ce que pour créer une appartenance à Maurice et à celle qui s'en vient, dit-elle tout haut.

Son regard se posa sur son ventre où une nouvelle vie avait fait son nid.

— Ça va être une fille, murmura-t-elle.

Chapitre 26

L'obligation

— Je vais le garder, moi, ton Maurice, déclara Kildare.

— Je ne peux pas le laisser tout seul avec vous, voyons !

— Pourquoi pas ?

— Pensez-y, monsieur Dupré, vous pouvez même pas marcher tout seul.

— Je peux marcher avec mes béquilles ou en m'appuyant sur les murs, se défendit Kildare.

— Non, non, c'est hors de question. Je vais l'emmener avec moi, même s'il a un gros rhume, conclut Henriette sur un ton sans réplique.

— Comme tu voudras…

Kildare n'avait pas insisté. Il connaissait assez sa belle-fille pour comprendre qu'elle ne lui faisait pas confiance. Mais il devait bien admettre qu'elle n'avait pas entièrement tort : il ne saurait pas trop quoi faire si le petit Maurice décidait de ne pas lui obéir.

— Je me passerais bien de cette nouvelle séance, avait soupiré Henriette.

Hélas ! Elle n'avait plus le choix. Fernand le lui avait bien fait comprendre, quand il était rentré dîner à midi.

— Monsieur Miles t'attend à son atelier, cet après-midi, à deux heures.

— Avec Maurice ?

— Oui.

— Je peux pas l'emmener là-bas. Il a un gros rhume. Et puis il doit faire sa sieste à cette heure-là.

— Il la fera quand vous serez de retour.

— Ça va déranger son train…

— Une seule fois, ça sera pas un drame.

— Ça paraît que c'est pas toi qui dois le supporter quand il est fatigué et rechigneux !

Elle regretta aussitôt son accès de colère et elle baissa la tête sous le regard réprobateur de son mari.

— De quoi tu te plains ?

Le ton était dur, les traits sévères.

— Je me plains pas… C'est juste que j'aime pas ça me faire presser comme ça, à cause d'un artiste qui veut faire mon portrait.

— Y paraît qu'il t'a téléphoné deux fois la semaine dernière et que chaque fois, tu lui as répondu que t'étais trop occupée.

Henriette se raidit.

Comment Fernand pouvait-il savoir ? Qui lui avait rapporté ça ?

Elle tenta de cacher le malaise que la seule idée de revoir Ross Miles provoquait en elle. Son cœur et sa tête lui conseillaient de ne pas tomber dans le piège que cet homme lui tendait. Mais Henriette était une femme de chair et de sang, et toutes les fibres de son être ressentaient le désir de Ross Miles quand il la regardait, quand il touchait ses cheveux, ses épaules, son dos. Elle se faisait désespérément violence contre le raz-de-marée d'envies que la présence de cet homme déclenchait.

Pour Henriette, la fidélité à son mari était une vertu cardinale. Jamais elle n'aurait cru avoir à combattre le démon du désir autant qu'elle le faisait au Moulin des Arts.

Au seul souvenir de l'atelier, une vibration lente et profonde monta en elle et l'effraya.

Elle ne devait pas remettre les pieds dans l'antre du diable. Son bonheur en dépendait.

— Je peux pas laisser ton père tout seul...

— Je suis pas mourant, à ce que je sache, interrompit son beau-père, qui ne voulait surtout pas être celui qui empêcherait Henriette de se changer les idées en sortant un peu de la maison.

— C'est monsieur Dufresne lui-même qui est venu me parler ce matin. Il paraît que monsieur Miles doit retourner bientôt chez lui en Virginie. Alors il voudrait pouvoir terminer le tableau pour nous le donner avant de partir.

Henriette hocha lentement de la tête.

« Autant y aller et finir ça au plus vite », lui conseilla la petite voix de la raison.

— Correct. Je vais y aller, mais c'est la dernière fois !

— J'ai demandé à la fille de madame Choquette de venir prendre soin de papa.

— Je suis pas un vieux sénile ! s'insurgea le patriarche.

— Si tu préfères laisser Maurice ici, elle lui fera faire sa sieste et comme ça t'auras tout ton temps pour que monsieur Miles termine son tableau, suggéra Fernand.

À la pensée d'être seule avec Ross Miles, Henriette blêmit.

Comme des oiseaux de mauvais augure, des idées envahirent son cerveau en feu.

— Je voudrais pas que… tenta-t-elle.

— Cet homme veut nous remercier et toi tu refuses son cadeau, l'interrompit encore Fernand, qui trouvait sa femme bien ingrate. Il a presque plus de verrues. Il en est tellement heureux ! Alors laisse-le donc se faire plaisir et va à cette séance s'il te plaît.

Henriette ne répliqua plus. Elle quitta le comptoir où elle était demeurée appuyée tout le long de cette confrontation, un linge de vaisselle à la main.

— Si j'ai pas le choix, laissa-t-elle tomber d'un air marabout.

Henriette enleva son tablier qu'elle lança sur le dossier d'une chaise. Elle marcha résolument vers sa chambre dans laquelle elle disparut.

— Tu finis pas de dîner ? s'inquiéta Fernand en remarquant l'assiette à moitié pleine de sa femme.

— J'ai pas le temps. Je dois me changer d'allure pour aller voir l'artiste, rouspéta-t-elle.

Henriette attrapa la chemise beige aux motifs de petites étoiles marine qu'elle avait choisie avant la première séance, décrocha la jupe dont la couleur s'harmonisait au chemisier, qu'elle posa sur sa taille arrondie par la nouvelle grossesse.

Quand elle avait annoncé la nouvelle à Fernand, il avait sauté de joie avant de la prendre dans ses bras.

— Le curé Vigneault pourra pas dire qu'on vit dans le péché ! s'était-il moqué.

— Je t'avertis, je pense pas avoir huit enfants comme madame Choquette !

— On fera ce qu'on pourra et surtout on prendra ce que le bon Dieu veut ben nous donner.

Aujourd'hui, ce bonheur semblait loin. Trop loin.

— J'espère qu'elle me fait encore… soupira la jeune femme en fermant la porte de la chambre et en commençant à se changer.

Chapitre 27

Le démon

— Placez-vous là, s'il vous plaît.

Henriette obtempéra, s'efforçant de se composer une attitude neutre alors que tout son corps se crispait.

— C'est dommage que le petit Maurice ne soit pas avec vous, se désola Ross Miles en enfilant un sarrau blanc comme celui que portait le docteur Chaput, lors de ses consultations à son bureau de la rue Notre-Dame.

À la différence du vêtement immaculé du médecin, celui du peintre était bariolé de taches multicolores.

— Il a un gros rhume, je pouvais pas l'emmener, se justifia Henriette en prenant place dans le fauteuil.

Une expression préoccupée chiffonna un court instant les traits de l'artiste.

— Ce n'est pas grave, je crois avoir tracé une assez bonne esquisse de lui la première fois. Il faudrait seulement que vous me rappeliez les couleurs de ses vêtements pour que le portrait soit le plus ressemblant possible.

— Bien sûr… Il portait une chemise blanche avec un nœud papillon à carreaux bleu et gris, un pantalon marine avec des bretelles noires, un veston de la même couleur que le pantalon, à double boutonnage…

Le peintre nota au crayon de plomb, directement sur la toile, les informations qui lui permettraient de terminer la toile sans la présence de l'enfant.

Ross Miles se réjouissait intérieurement de ce hasard qui lui donnait la chance d'être enfin seul avec cette femme qu'il désirait toujours aussi ardemment.

— … et ses cheveux sont séparés sur le côté droit avec une…

— Ça va être suffisant, merci beaucoup. Je crois que j'ai tout ce qu'il me faut, dit-il en déposant son crayon sur la table tout près.

Henriette se tut.

Le ton sec, sévère même, la désarçonna.

Qu'avait-elle dit ou pas dit pour mettre l'artiste dans un pareil état ? Henriette vérifia sa tenue, ne négligeant aucun détail qui aurait pu nuire à cette séance qu'elle ne souhaitait pas du tout. S'il fallait, en plus, que ce soit sous le regard arrogant, voire hautain de cet Américain, il valait mieux en finir au plus vite.

Elle osa un regard en coin vers celui que le hasard avait mis sur sa route.

Elle remarqua ses traits tirés, son teint pâle, ses sourcils formant un V soucieux. Il gardait le front baissé sur sa toile comme un taureau devant la cape du toréador.

L'attitude peu amène de son hôte habituellement jovial et attentionné la mettait mal à l'aise.

« À quoi t'attendais-tu ? », la titilla la petite voix.

Henriette ne le savait plus. L'obligation de venir ici l'avait d'abord confrontée à une réalité qu'elle n'osait s'avouer : cet homme la troublait. La femme se rappela leurs rencontres fortuites au cours desquelles son cœur et ses sens avaient été mis en émoi. Aujourd'hui encore, en présence du peintre, elle se sentait prise au piège de ses propres sentiments.

Henriette chercha le regard de Miles, mais celui-ci ne levait pas les yeux de la toile sur laquelle son pinceau dessinait de larges arabesques.

Pourquoi ne la regardait-il pas ? Pourquoi ces traits durs, ces mâchoires serrées ?

La jeune femme abaissa les paupières, incapable de refouler les larmes de dépit qui lui montaient aux yeux.

« J'aurais dû refuser de revenir ici… », songea-t-elle.

Sans la requête de son mari, lui-même poussé par celle de son patron, elle serait tranquillement à la maison et n'aurait pas à vivre pareil tourment.

Dans la pièce silencieuse, que seul le frottement du pinceau sur la toile tendue rompait, Henriette éprouva une langueur qu'elle mit sur le compte de la fatigue des derniers jours.

La toux qui avait affecté Maurice avait écourté ses nuits tandis que les longues journées à prendre soin de son beau-père, en plus de ses tâches habituelles, avaient miné ses énergies.

Délaissant un moment la pose, elle s'adossa légèrement au fauteuil et baissa les paupières. Un léger mouvement tout près lui fit rouvrir les yeux instinctivement.

Ross Miles était agenouillé devant elle, scrutant son visage, comme s'il avait voulu en graver les plus infimes détails au plus profond de sa mémoire. Il vit ses pupilles scintillantes de larmes, ses joues rosies par une émotion intérieure et secrète dont il se crut l'objet, ses lèvres humides qui tremblaient légèrement, et il la trouva adorable.

Quand leurs regards se rencontrèrent, ce fut comme si un éclair le foudroyait en plein cœur et, d'un seul élan, il la prit dans ses bras et l'embrassa passionnément.

Henriette n'eut pas le temps de réagir. Un vertige jusqu'à ce jour inconnu la terrassa au point qu'elle crut défaillir. C'était puissant, comme le galop d'un cheval sauvage. Jamais baiser n'avait été si fougueux, si fort. Un tremblement agita toutes les fibres de son être et Henriette s'abandonna malgré elle au feu qui l'embrasait. Elle lova ses bras autour du cou robuste de Miles qui la pressa davantage contre son torse puissant.

Ross se délectait sans retenue de ces lèvres entrouvertes, touchant du bout de la langue les dents menues et parfaites, ce corps qu'il avait si souvent rêvé de posséder.

La main du peintre se posa en coupe sous la courbe du sein, épousant la forme pleine.

Sous la caresse, Henriette ouvrit les yeux et se raidit.

Que lui arrivait-il ? Quel démon la possédait ?

Dans la chaleur poussiéreuse de l'atelier, l'odeur de la peinture lui monta à la tête et un haut-le-cœur la surprit. Elle se détacha de l'emprise de celui qui chavirait ses sens et lui faisait perdre la raison. Elle porta une main à ses lèvres, retenant avec peine la salive au goût de fiel qui remplissait sa bouche.

Surpris par cette volte-face, Ross Miles recula de deux pas.

—Je... Je suis enceinte... réussit à articuler Henriette, tentant tant bien que mal de mater son malaise.

— Oh !... Je ne savais pas... Je suis désolé... Je ne voulais pas vous...

L'artiste compatissant l'entraîna jusqu'à la salle de bain où Henriette entra aussitôt.

Ross referma la porte, laissant à son invitée la liberté de soulager son estomac retourné. Il prit appui sur le mur tout près et demeura songeur.

— Comme le destin est cruel… murmura-t-il pour lui-même.

Jamais il ne pourrait conquérir le cœur de cette femme, surtout maintenant qu'elle portait l'enfant d'un autre.

« Elle ne sera jamais à moi », songea-t-il, amer.

Il envia un moment Fernand Dupré d'être le mari d'une femme aussi magnifique, mais aussi d'avoir le bonheur d'être père.

Les pensées du peintre volèrent vers sa femme, Eleonore, dont le ventre ne porterait jamais de fruit. Le couple avait pourtant tout essayé, mais force leur avait été d'admettre leur stérilité. Celle de sa femme, surtout… Au cours des années, leur mariage avait dégénéré en vaines disputes, suppliques et regrets. Eleonore avait essayé de trouver dans la prière et les œuvres caritatives un sens à son existence. Cette nouvelle dévotion l'avait éloignée de son mari et des ébats amoureux qui allaient à l'encontre des enseignements de l'Église, qui prônait qu'il était péché mortel de s'adonner aux plaisirs de la chair sans concevoir un enfant.

Leur vie avait changé au point où Eleonore et lui faisaient chambre à part depuis bientôt trois longues années. Malgré la meilleure volonté du monde, Ross n'avait pu résister aux plaisirs de la chair et avait préféré partir à l'aventure, prétextant que ces séjours loin du domicile conjugal étaient essentiels au développement de son art.

Il avait choisi de venir peindre dans cette contrée après avoir vu les tableaux d'Alexander Young Jackson, du Groupe des sept. Ce regroupement de peintres canadiens-anglais, fondé en 1920, frustrés du conformisme de l'art canadien de l'époque, s'identifiait surtout à l'école paysagiste. C'était ici, à Émileville et à Saint-Paul-d'Abbotsford, non loin, que Jackson avait peint ses plus belles toiles.

Au fil de sa quête, le Moulin des Arts était devenu une sorte de refuge pour Miles. Il songea à toutes ces femmes qui, le temps d'un tableau à terminer, avaient comblé ses désirs et, certaines fois, lui avaient laissé croire que l'amour était encore possible. Encore aujourd'hui, tel un papillon de nuit attiré par la flamme vacillante d'une bougie, il avait été happé par la beauté d'une femme et avait voulu s'y brûler les ailes…

« Cette femme est différente de toutes les autres que j'ai connues », songea-t-il.

Quelque chose se coinça dans sa gorge, un sentiment profond trop longtemps enfoui. Oublié même…

— L'amour... souffla-t-il.

Son corps tout entier trembla comme un arbre sous la cognée tellement la sensation de renaître et de mourir tout à la fois lui fit mal.

Il était amoureux...

Le déclic du loquet lui fit reprendre ses esprits et il tenta de se recomposer un visage neutre quand Henriette ouvrit enfin la porte.

— Ça va mieux ? s'enquit-il.

— Oui. Merci.

— Si vous préférez revenir une autre fois, je comprendrai...

— Non ! Finissons cette séance au plus vite, s'il vous plaît, que j'aie plus besoin de revenir ici, souffla-t-elle d'une voix mal assurée sans lever les yeux.

Henriette avait honte. Tellement honte ! Comment avait-elle pu se laisser aller ainsi ? Enceinte, par surcroît ! Elle mit la faute de son comportement sur sa nouvelle grossesse.

« Fernand ne doit jamais savoir ce qui est arrivé ici », songea-t-elle, toujours aussi désemparée.

À la seule pensée que son époux puisse, un jour, découvrir son secret, une angoisse sourde alla de sa poitrine à ses jambes et elle vacilla.

Ross Miles fut aussitôt près d'elle et la soutint. Le contact des mains de l'artiste l'électrisa et elle se dégagea d'un brusque roulement des épaules.

— Ça va aller, merci ! marmonna-t-elle en se dirigeant vers le fauteuil d'un pas incertain.

Elle s'y laissa choir, plus qu'elle ne s'y assit, et reprit aussitôt la pose.

— Dépêchez-vous, qu'on en finisse… ordonna-t-elle sans regarder Miles qui reprenait sa place derrière le chevalet.

La séance se termina dans le malaise le plus complet. Quelque trente minutes s'écoulèrent, rythmées par le tic-tac régulier de l'horloge.

— J'ai fini, dit enfin Ross en déposant son pinceau sur le rebord du chevalet.

Sans un mot, Henriette se leva, marcha vers la table, y prit son manteau qu'elle enfila aussitôt.

Le peintre l'attendait sur le seuil de la porte ouverte.

— Votre chauffeur n'est pas encore arrivé, souligna-t-il en n'apercevant pas la voiture du cordonnier.

— Je vais marcher un peu. L'air frais me fera du bien. Et puis je vais sûrement le croiser sur la route…

— Ce n'est pas prudent. Surtout dans votre état… s'inquiéta-t-il.

— On est à la campagne, monsieur Miles. Pas dans une ville de la Virginie ! lança-t-elle, incisive.

Henriette se retourna, planta un regard farouche et déterminé dans celui de l'homme qui avait profité de sa faiblesse et attenté à sa vertu.

—Je ne veux plus jamais vous revoir.

Sans plus attendre, Henriette passa la porte de ce chalet maudit où elle avait sombré dans le péché. Sur ses lèvres, la réminiscence du baiser savouré sans retenue lui fit monter les larmes aux yeux.

Henriette comprit que la passion avait frappé à sa porte et qu'elle l'avait laissée entrer, perturbant son univers paisible dans lequel elle s'était installée en toute sécurité. Elle comprit que, dorénavant, le démon était en elle et qu'elle devrait le combattre. Du moins, tant et aussi longtemps que ce damné peintre serait dans les parages.

—J'aurais dû lui mettre ma main à la figure, s'admonesta-t-elle en empruntant le chemin de terre menant au village.

Elle songea à Fernand d'abord, à Maurice ensuite, et constata que la vie de tous les jours avec ses tâches ménagères, les réunions de son mari, la présence convalescente de son beau-père l'ennuyait au plus haut point.

L'ennui…

Jamais encore sa réalité de femme ne lui avait paru plus pénible. Elle devait soumission à son mari, à son enfant, à l'Église, à tous ceux qui réclamaient d'elle travail, affection, abnégation pour, au final, se retrouver envahie de regrets de ne pouvoir agir en toute liberté selon ses fantaisies.

Des fantaisies, pourtant, Henriette ne s'en était jamais permises, même au plus fort de ses années de jeunesse.

— Voilà ce que ça donne de se priver de tout… ronchonna-t-elle en hâtant le pas.

Que lui restait-il de ces années perdues à prendre soin de tout un chacun, sinon un goût amer ?

— Dorénavant, je vais m'occuper un peu plus de me faire plaisir, se promit-elle.

Sur la route, venant en sens inverse, la voiture de Pierre Chenevert approchait. Henriette lui fit un signe de la main et l'automobile s'immobilisa de l'autre côté de la route. La jeune femme s'empressa de traverser et s'y engouffra sans tarder.

Chapitre 28

Les ordres

— Il faudrait trouver des livres si on veut ouvrir une bibliothèque dans la salle paroissiale, annonça le curé Vigneault.

— On va les acheter ? demanda Fernand, réquisitionné pour une réunion spéciale à laquelle Pierre Chenevert avait aussi été convié.

— Pas tous ! Il y a sûrement moyen d'en trouver ailleurs, répondit le prêtre.

— J'en ai chez moi que je ne lis plus, avisa Pierre.

— Il doit bien y en avoir aussi dans ma bibliothèque, déclara le prêtre.

— Moi j'ai pas de livres, mais j'ai des journaux et aussi des almanachs du peuple que je conserve depuis au moins cinq ans.

— C'est déjà un début ! dit le curé, enthousiaste.

Dehors, l'ombre des arbres s'allongeait sur le gazon entourant le presbytère où les membres de l'Ordre avaient été conviés. Un vent calme poussait les nuages striés d'orange sur une ligne d'horizon qui s'étirait derrière les hautes fenêtres du bureau du curé.

Le projet d'implanter des bibliothèques dans toutes les paroisses de la province venait de la Chancellerie elle-même.

Depuis l'adoption du projet de faire du fleurdelisé le drapeau officiel de la province, et après les nombreuses grèves qui avaient marqué la fin de l'année 1947, c'était au tour des artistes de manifester leur désapprobation face à la censure, menée surtout par l'Église et à tout ce qui pouvait entraver la liberté d'expression. Les membres de l'Ordre avaient reçu pour mission de mettre à la portée des jeunes – surtout – des livres qui promouvaient les valeurs fondamentales de la religion catholique dans la langue des ancêtres français.

Le 4 février, un premier lancement du manifeste *Prisme d'Yeux*, regroupant des peintres et des sculpteurs et rédigé par Jacques de Tonnancour, réagissait contre une définition trop étroite et sclérosante de l'avant-garde en peinture. Le second lancement avait eu lieu le 15 mai à la librairie Tranquille, à Montréal.

Après les employés d'usine, la révolte grondait parmi les intellectuels et les artistes contre la censure et l'obligation de se soumettre. Le marxisme faisait lentement son nid dans les rangs des intellectuels et des travailleurs, et son idéologie alimentait les revendications des écrivains, des peintres et des artisans, qui l'interprétaient comme le reflet de la lutte entre les classes sociales.

L'ombre du communisme planait...

Ce mot revenait dans tous les prêches et sermons des prêtres de la province, surtout depuis que Mackenzie King avait annoncé au début du mois une plus grande flexibilité dans les sélections des nouveaux immigrants. Les chanceliers de l'Ordre de Jacques-Cartier avaient vu là un danger d'accroître rapidement un flot migratoire qui s'assimilerait à la population canadienne-anglaise.

La protection de notre religion et de notre langue avait été le mot d'ordre lancé à tous les membres.

Depuis le début de la guerre, l'Europe déversait son trop-plein de migrants. Déjà, la ville de Saint-Hyacinthe avait vu s'installer des familles d'Allemands, de Juifs et d'Italiens qui possédaient des commerces rue des Cascades. L'année précédente, c'était cent femmes polonaises qui avaient débarqué à Saint-Georges de Beauce, attirées par l'invitation de Ludger Dionne, député aux communes et propriétaire d'une filature. Les frais de leur voyage, qui s'élevaient à 45 000 dollars, avaient été payés par le député lui-même.

Les industries manquaient cruellement de main-d'œuvre. Les associations syndicales, auxquelles de plus en plus de Canadiens français adhéraient, ne plaisaient pas aux patrons, qui préféraient engager des immigrants qui ne cherchaient qu'à trouver un bon travail et s'installer dans leur nouveau pays d'adoption, loin des conflits et des querelles.

Pas moins de 125 000 personnes de diverses origines étaient entrées au pays l'année précédente seulement. Le Canada était une terre d'accueil prisée et la liberté s'y conjuguait en anglais…

Maintenant plus que jamais, Fernand comprenait qu'il fallait combattre le spectre de l'anglicisation. D'autant plus que l'entrée imminente de Terre-Neuve dans la Confédération canadienne – ce n'était plus qu'une question de jours – ajoutait une province unilingue anglaise sur l'échiquier national.

— Il faut aussi penser à former des groupes de jeunes qui sauront acquérir, en plus d'une bonne formation académique, des principes religieux et moraux solides.

— Des groupes de jeunes ? répéta Pierre Chenevert.

— Quelqu'un a pensé à des regroupements précis visant des clientèles ciblées, commença le prêtre. Il y aurait la JOC, la Jeunesse ouvrière catholique, pour les jeunes travailleurs, la JAC pour les jeunes agriculteurs et la JEC pour les étudiants. Nos jeunes sont le ferment de notre action. Ce sont eux les dirigeants de demain. Eux qui sauront porter la fierté de la nation canadienne-française…

Fernand et Pierre assistaient en silence à cette envolée lyrique remplie de ferveur.

— Il faut contrer le communisme, souffla le curé comme revenant d'une transe. C'est par l'éducation de nos enfants que nous bâtirons une nation forte et distincte et que nous serons maîtres chez nous…

Dehors, le soleil avait complètement disparu. Le vent s'était levé, faisant entrer dans le bureau les effluves des premiers lilas en fleurs qui poussaient non loin de l'église.

Remplis d'espoir, les trois compagnons se levèrent en même temps et échangèrent une poignée de main avant de se séparer.

Demeuré seul, le prêtre s'agenouilla sur le prie-Dieu placé sous un crucifix de bois sur lequel un Christ aux stigmates sanguinolents veillait sur les âmes des pécheurs. Il sortit un chapelet de la poche de sa soutane, l'enroula autour de ses doigts d'un geste machinal et se signa avant de murmurer les prières du soir habituelles.

Chapitre 29

Le vétéran

— Rolland ! Qu'est-ce que tu fais ici ?

— Chu venu voir ma belle-sœur préférée !

Le mari de Rose-Aimée entra sans y être invité. À sa suite, un homme laid et boiteux pénétra dans la maison.

Henriette remercia le ciel que son beau-père soit présent.

— C'est qui ? interrogea Kildare en sortant de sa chambre, appuyé sur sa canne.

— Mon beau-frère Rolland…

— Y est sorti de prison, celui-là ?

— Oui ! Chu sorti hier matin, répondit Rolland lui-même en venant se planter devant le septuagénaire.

— Tant mieux ! Tant mieux ! décréta Kildare qui se plaça en protecteur, près de sa belle-fille qui ne savait plus où se mettre.

La puanteur qui se dégageait des deux intrus lui donna la nausée et Henriette s'empressa d'aller ouvrir les fenêtres et les portes.

Un puissant courant d'air traversa la maison, éliminant momentanément les odeurs tenaces des vêtements imprégnés de sueur et de crasse.

— Qu'est-ce que tu veux ? demanda enfin Henriette.

— On passait dans le coin. On s'est dit qu'un bon repas chaud, ça nous ferait du bien à mon ami et à moi.

— Ton ami…

— Oh, excuse-moi, j'ai pas fait les présentations… ironisa Rolland.

Il tendit le bras vers l'éclopé, lequel s'était laissé choir sur une chaise berçante qui avait gémi sous son poids.

— Arthur Marsan… Ma belle-sœur, Henriette Camirand.

L'homme souleva son chapeau, dévoilant à son hôtesse un crâne chauve et des oreilles dont les pavillons avaient l'air d'avoir été découpés au ciseau.

À la vue de cette horreur, Henriette ne put réprimer un petit cri.

— Ça fait toujours cet effet-là quand on le voit la première fois, expliqua Rolland, s'amusant de la peur que la vue de l'infirme causait aux faibles femmes.

— Veux-tu ben me dire comment t'as fait pour t'arranger de même ? demanda Kildare, curieux.

— À la guerre de quatorze, dans les tranchées, en Europe. Une nuit, y a gelé si fort que j'ai perdu mes deux jambes, expliqua-t-il d'abord en soulevant les jambes de son pantalon, découvrant deux tiges de bois, semblables à des manches à balai, plantées dans des blocs de bois qui lui servaient de pieds.

— Ça me dit pas pour tes oreilles, ça ! insista Kildare.

— Avec le casque de métal appuyé sur le haut de mes oreilles, je les sentais plus. J'ai voulu les réchauffer. Je les ai frottées fort pis vite avec mes mains. Ç'a fait un craquement, pis c'est là que des morceaux de peau sont tombés par terre.

Ne pouvant en écouter davantage, Henriette retraita à la salle de bain sous les rires gras de Rolland et de son complice.

— Vous avez pas honte de raconter des histoires pareilles ? s'insurgea Kildare.

Les deux lascars rirent de plus belle à la vue d'Henriette qui surgit devant eux, le teint blême et les yeux exorbités.

— Je veux que tu t'en ailles, déclara-t-elle d'un air sévère.

Rolland se raidit.

— Tu peux pas refuser asile et nourriture à un pauvre vétéran comme lui, dit-il sur un ton grave en désignant son ami. C'est pas charitable, ça.

— Charitable ! ? Tu parles de charité, toi qui as laissé ta femme et tes enfants sans le sou parce que ton ivrognerie t'a conduit en prison ? s'exclama-t-elle.

— Tu sais pas de quoi tu parles…

— Je sais très bien de quoi je parle puisque c'est Fernand et moi qui avons hébergé ta petite Louise. Nous en avons pris soin comme de notre propre fille. Fernand a été plus qu'un père pour elle…

— C'est moi, son père ! coupa-t-il, furieux.

— Un père comme toi, aucun enfant en a besoin.

Le regard était dur, le ton cinglant.

Henriette prit soudain conscience que ces mots ne s'adressaient pas seulement à l'homme devant elle. Ces paroles, c'étaient celles qu'elle n'avait jamais osé dire à son propre père.

— Sors d'ici ! Va-t'en ! Et surtout ne reviens jamais ! cria-t-elle de toute la force de la haine qui était restée ancrée dans son cœur d'enfant.

Remué par la violence de cette colère, Rolland perdit contenance et, penaud, marcha en direction de la porte, Arthur sur ses talons. Sans demander son reste, il quitta les lieux.

— Ouais… J'aurais pas aimé être à sa place… commenta Kildare.

Henriette ne rit pas, ne sourit même pas, préférant garder les paroles de reproche qu'elle aurait aussi pu adresser à ce père qui, par orgueil, avait fait passer son égoïsme avant le bonheur de son fils.

— Maurice ? appela la mère. Viens, mon garçon, c'est l'heure de souper. Papa va bientôt arriver…

*

Le soir venu, couchés l'un près de l'autre dans leur lit, Fernand et Henriette n'arrivaient pas à dormir.

— Y a du front tout le tour de la tête, cet ivrogne de Rolland, de venir ici sans être invité, et avec un va-nu-pieds en plus ! s'insurgeait encore Henriette qui n'avait pas digéré le sans-gêne de son beau-frère.

— Le père m'a dit que t'avais pas mâché tes mots, dit Fernand en retenant un fou rire.

Henriette s'offusqua.

— Ris pas ! J'aurais bien aimé que tu sois là ! J'aurais pas eu à m'enrager comme ça !

— J'aurais bien voulu, mais je travaille…

— Tu travailles tout le temps ! coupa-t-elle vivement. Quand c'est pas à l'usine, c'est à la commission scolaire ou à la caisse populaire.

— C'est un reproche ?

— Oui et non…

Henriette ravala les paroles amères qui se frayaient un passage dans sa tête fatiguée.

Fernand n'était plus le même depuis qu'il se concentrait sur... Dieu sait quoi. Même quand il était à la maison, il passait le plus clair de son temps assis dans le petit salon où il avait déménagé son secrétaire pour laisser la place à son père convalescent, rédigeant des lettres qu'il se faisait un devoir de poster le plus rapidement possible. À qui écrivait-il ainsi ? Pourquoi avait-elle l'impression qu'il lui cachait quelque chose ? Aux quelques questions qu'elle avait osé lui poser, il avait répondu que c'était relatif à ses tâches de commissaire sans rien ajouter de plus.

« Il te cache quelque chose... », l'avertissait souvent la petite voix.

Elle avait voulu en parler à Jeanne, le jour où elle avait enfin pu la visiter après son accouchement.

La pauvre faisait pitié à voir. Ses longs cheveux pendaient lamentablement sur ses épaules qu'un châle, troué par endroits, recouvrait. Les vêtements d'Armand et d'Angélique étaient aussi en bien piteux état, et ceux du nouveau-né affichaient une triste couleur gris pâle.

Jeanne ne suffisait pas à la tâche et sa santé se détériorait.

Ce jour-là, Henriette avait appris que Philippe avait perdu son emploi à l'hôpital et qu'il avait des dettes de jeu. Il avait trouvé un emploi moins bien rémunéré dans une manufacture de tapis de Cowansville où les conditions de travail étaient terribles.

— La teinture sent tellement fort que, depuis quelques semaines, il tousse sans bon sens. Il va se rendre malade... s'était désolée Jeanne qui semblait avoir continuellement les larmes aux yeux.

Henriette se rappela la rencontre de ces deux êtres que le hasard avait réunis. Comment ces deux personnes, élégantes et fières, pouvaient-elles être rendues si bas ?

Henriette avait comparé sa propre vie à celle de son amie et s'était réconfortée de se savoir à l'abri des vicissitudes que peut entraîner la misère. Fernand était un homme loyal et dévoué. Henriette et Maurice ne manquaient de rien. Le deuxième enfant à naître connaîtrait aussi une vie saine et sereine grâce au travail de celui qui, malgré ses obligations sociales qui le gardaient parfois loin de sa famille, le soir, n'en était pas moins un mari idéal doublé d'un homme affectueux et aimant.

— T'as ben l'air songeuse... Y a quelque chose qui te tracasse ? demanda son mari qui la fixait depuis un moment.

Henriette se ressaisit et se rapprocha du corps chaud et dodu de celui qui faisait de son mieux pour la rendre heureuse.

— Je pensais à Jeanne...

— Elle vit des moments difficiles, ces temps-ci ?

— Très difficiles, oui…

— Qu'est-ce qu'on pourrait faire pour l'aider, tu penses ?

— Je pourrais toujours lui donner du linge neuf. Pour elle en tout cas, parce qu'Armand est plus grand que Maurice et puis j'ai pas de linge pour une petite fille.

— Mange-t-elle à sa faim, au moins ?

— Je sais pas.

— Je te dis que je suis pas fier de mon ami Philippe. Je le croyais pas comme ça.

— Le vice du jeu, ça pardonne pas. C'est aussi pire que la boisson.

— Je le soupçonne d'avoir les deux, déclara Fernand en soupirant et en posant sa grande main chaude sur la cuisse qu'Henriette venait de poser sur le bas-ventre de son mari.

— Et toi, c'est quoi tes vices ? hasarda Henriette dans un demi-sourire.

Fernand tourna la tête vers elle, l'air surpris.

— Ben voyons, tu les connais pas encore ? s'amusa-t-il en accentuant la pression de sa main qui caressait maintenant la peau douce.

— J'en connais quelques-uns, mais pas tous, s'amusa-t-elle à son tour.

— Je peux te confirmer que ceux que j'ai, tu en es responsable…

— Qu'est-ce que tu dis là ? s'offusqua-t-elle.

— C'est de ta faute si j'arrête pas d'engraisser. Tu cuisines tellement des bons plats à chaque repas, dit-il en riant.

Le rire communicatif de Fernand eut pour effet de la dérider sur-le-champ.

— J'ai un autre vice aussi que tu connais très bien, chuchota-t-il en caressant doucement les seins lourds.

Henriette ferma les yeux sous la douceur du geste.

Fernand en profita pour goûter ses lèvres. S'enhardissant, il porta la main à son sexe qu'il dirigea vers celui de sa femme.

— Je me sens pas très à l'aise avec mon gros ventre… lui confia-t-elle.

À près de sept mois de grossesse, Henriette était gênée de se donner à son mari. Était-ce la rondeur de son ventre, de ses seins, de ses hanches qui la faisait se sentir moins belle ? Moins désirable ? Elle se demanda un instant comment aurait réagi Ross Miles si, au lieu de se présenter à lui avec la taille fine qu'elle affichait avant sa grossesse, elle l'avait fait aujourd'hui…

La réalité des femmes était bien différente de celle des hommes. Eux, ils n'avaient pas à subir les métamorphoses que la nature imposait à celles qui, selon les dires de l'Église catholique, avaient été créées pour enfanter dans la douleur afin d'expier le péché de luxure dans lequel elles entraînaient les pauvres mâles.

— T'es belle pareil, tu sais, la rassura Fernand en confirmant ses paroles par un baiser amoureux.

— T'es fin… Et tellement délicat.

— J'aime pas brusquer personne, ma femme encore moins. T'as le droit à mon plus grand respect, termina-t-il.

Ces paroles lui parurent banales et dénuées du véritable amour qu'il vouait à la femme qui partageait sa vie depuis maintenant cinq ans. Un amour rempli d'admiration, de connivence, de travail, certes, mais aussi d'un bien-être constant. L'amour qu'il avait jadis éprouvé pour Madeleine Gauthier n'avait rien de comparable à celui qu'il ressentait pour Henriette. Fernand en mit la faute sur sa quarantaine qui approchait et qui le rendait plus sérieux, moins passionné peut-être…

Sa passion, elle était pourtant présente quand il endossait son complet pour aller assister à ses multiples réunions. Il n'en avait jamais manqué une seule. Dans le froid comme sous la pluie, enrhumé ou fatigué, ses pas l'avaient toujours mené dans les locaux où se regroupaient, comme lui, des gens préoccupés de bâtir un avenir meilleur pour la génération à venir. Fernand y trouvait un sens à sa vie qui lui faisait oublier les trop longues journées à s'échiner devant sa machine. Comme il aurait aimé être instruit ! C'était là son plus grand regret.

— Ça coûtera ce que ça coûtera, mais Maurice va faire des longues études, avait-il déclaré à sa femme, un soir, en refermant les pages du journal *Le Devoir* qu'il lisait religieusement chaque semaine.

La Patente misait d'ailleurs sur l'accès à l'instruction post-secondaire pour tous les enfants de langue française. Pour eux, c'était la clé de la réussite. La clé qui ouvrirait les portes à la possibilité de trouver des emplois dans la fonction publique et ainsi changer le cours des choses. Les Canadiens français devaient œuvrer au sein des institutions qui avaient le pouvoir de gouverner. Il fallait placer des pions sur l'échiquier politique et économique. Et cela ne se ferait que si le petit peuple avait accès, comme les mieux nantis, à une instruction plus démocratisée.

— T'es encore parti dans ta tête, lui fit remarquer Henriette.

— Ouais… pardon…

— Je connais peut-être tous tes vices, mais pas tous tes secrets, hasarda-t-elle.

— J'ai pas de secrets.

— Alors, c'est quoi toutes ces lettres que tu écris et que tu postes sans jamais me dire à qui et pourquoi ? insista-t-elle.

— C'est des affaires pour la caisse…

— As-tu une maîtresse ? demanda-t-elle brusquement.

La question surprit tellement Fernand que celui-ci ne put s'empêcher de rire.

— Qu'est-ce que tu me chantes là ? Une maîtresse ? Moi ? Voyons donc ! Regarde-moi un peu... Je suis petit, rond comme un ballon, avec pas une, mais deux hernies. Je suis pas très riche... J'ai même pas d'automobile ! Qui voudrait d'un gars comme moi ? Un pauvre petit piqueur de chaussures sans envergure...

Au constat cinglant de l'image qu'il se faisait de lui-même, des larmes lui picotèrent les yeux.

— C'est vraiment ce que tu penses de toi ? murmura sa femme qui s'était assise près de lui.

Fernand ne répondit pas tout de suite.

Était-il vraiment l'homme qu'il venait de dépeindre aussi durement ?

— Moi je vois pas pantoute un petit homme rond et sans envergure, lui dit-elle. J'ai devant moi un homme généreux, honnête et extrêmement riche de cœur et de sentiments nobles. Dans les contes de fées, on appelle ça des chevaliers...

Fernand se dressa à son tour face à Henriette, qui le regardait avec amour.

Les deux époux s'enlacèrent doucement. Le visage au creux du cou de sa femme, Fernand laissa libre cours à ses sanglots.

Comme seules les mères savent soulager les pleurs des enfants, Henriette se mit à le bercer doucement.

Fernand se réfugia dans cette étreinte comme un naufragé sur une île accueillante. Il se rappela Adèle, la fierté qu'il lui inspirait et surtout l'amour franc et sincère qu'elle lui vouait. Il sut qu'Henriette, en plus d'être une femme dévouée, était celle sur qui il pourrait toujours compter. Dans les meilleurs comme dans les pires moments.

L'homme se rassasia de cet instant de pur abandon et remercia Dieu, encore une fois, d'avoir mis cette femme merveilleuse sur son chemin. Il se promit que, le moment venu, il lui confierait son secret et lui dévoilerait l'existence de l'Ordre auquel il avait adhéré.

« Elle t'aimera encore plus d'avoir été intègre… », lui conseilla la voix de sa conscience.

Chapitre 30

Les retrouvailles

— Comme ça, t'as pas revu Ernest ? demanda Adrien.

— Non, pis c'est tant mieux comme ça ! répliqua Fernand.

— Y a combien d'enfants ? interrogea encore Adrien.

— J'en sais rien. Pis j'veux pas le savoir.

Le ton de Fernand était de plus en plus incisif.

Adrien émit un long sifflement en écarquillant les yeux de stupéfaction.

— Ouais... Ça veut dire que c'est pas de sitôt qu'on va avoir une réunion de famille, conclut le frère aîné.

— On est très bien sans lui et sa face de traître, conclut à son tour Fernand.

— Moi qui pensais tous vous inviter à mon mariage... dit Adrien, constatant que la situation familiale ne s'était guère améliorée depuis son départ pour le Nord.

À cette nouvelle, l'attitude de Fernand changea du tout au tout. Henriette lâcha son rouleau à pâte et plaça ses poings sur ses hanches.

— Tu vas te marier ? demanda-t-elle, sceptique.

— Oui, madame ! déclara son beau-frère en bombant le torse, heureux de l'effet que provoquait sa nouvelle.

— Avec qui ? On la connaît ?

— Non. C'est une femme de Ville-Marie, au Témiscamingue. Elle s'appelle Berthe Leduc. Je l'ai rencontrée sur le perron de l'église…

— Ah ben, là tu m'étonnes, mon frère ! T'allais plus à la messe depuis longtemps.

— Fallait ben y aller, c'était la seule place où on pouvait trouver des filles sérieuses et de bonne réputation.

— T'exagères, comme toujours ! le semonça sa belle-sœur qui reprit sa besogne.

— Juste un p'tit brin… N'empêche que c'est une bonne femme. Une jeune veuve. Son mari lui a laissé une petite maison, mais elle l'a vendue. Elle préfère se rapprocher de Montréal. Elle en a assez du bois pis des mouches noires… termina-t-il en riant.

Le rire de Fernand accompagna celui de ce frère qui, malgré ses travers, avait su égayer son enfance.

Bien que téméraire et peu enclin à se soumettre à quelque autorité que ce soit, Adrien avait, encore une fois, su tirer son épingle du jeu et personne ne pouvait le traiter de paresseux. C'était un homme qui aimait l'action. L'aventure, même. Tout le contraire de son frère cadet.

— Ça fait que je vous invite officiellement à mon mariage.

— Quand faites-vous ça ?

— Samedi prochain.

— Si vite ? s'exclama Henriette qui déposait la pâte au fond d'une assiette de métal.

— J'ai envie de me caser au plus vite. Je rajeunis pas, vous savez !

— Nous non plus… soupira Fernand.

— C'est pour quand le nouveau bébé ? interrogea Adrien en fixant sur le ventre de sa belle-sœur un regard attendri.

— D'une journée à l'autre. Le docteur dit que ça peut arriver demain, comme attendre encore deux semaines.

— T'en fais pas, la rassura son mari. Si c'est comme quand Maurice est né, ça va bien aller.

— Espérons-le, s'entendit-elle murmurer.

— En tout cas, si tu pouvais te retenir, le temps de venir à mes noces, j'apprécierais, plaisanta Adrien.

— Si tu penses que c'est moi qui commande ça, tu te trompes, ricana Henriette.

Par la fenêtre ouverte, une douce brise faisait bouger les rideaux beiges striés de lignes brunes et jaunes.

La mi-juin annonçait un été chaud et humide. En bas de la pente, près de l'entrée de la cave, dans la couche-chaude sur laquelle Fernand avait pris soin d'installer de vieilles fenêtres achetées à Ti-Jos Daviau, trente-huit plants de tomates et dix d'aubergines croissaient à vue d'œil. Henriette attendait cependant des nuits un peu plus chaudes avant de les transplanter en pleine terre, dans le jardin où déjà elle avait fait les semis des légumes racines, des haricots, des petits pois, du maïs et de tout ce qui garnirait, le temps d'un été, la table des Dupré.

— Comme ça, le père est retourné vivre en pension ? demanda Adrien.

— Avec la grossesse d'Henriette, c'était trop demander à ma femme…

— Il dérangeait pas, protesta-t-elle.

— N'empêche que c'était mieux pour lui de retourner à Saint-Hyacinthe.

— Apparemment qu'il marche avec une canne ?

— T'es pas allé le voir depuis que t'es revenu dans le coin ? s'étonna Henriette.

— J'ai pas eu le temps… se défendit Adrien, qui n'avait pas vraiment le goût de revoir le vieil homme ni de lui présenter sa future femme.

Cette veuve, il ne l'avait pas rencontrée sur le parvis de l'église, mais plutôt dans un tripot. Elle vendait ses charmes au plus offrant, comme le faisaient plusieurs filles du coin pour conjurer la misère.

Adrien avait eu pitié de celle dont personne ne voulait. Ce soir-là, il avait ressenti plus que de la pitié, un sentiment profond qui l'avait saisi à la gorge comme un alcool brûlant. Était-ce la tristesse du regard qu'elle avait posé sur lui ? Ou encore sa mine ingénue, malgré ses trente-trois ans bien sonnés ? Il n'aurait su le dire… Tout ce qu'il savait, c'est qu'il s'était juré de la prendre sous son aile. De la protéger et, pourquoi pas, de l'aimer.

— J'ai vu Rosario. Il va venir aux noces.

— Ça fait longtemps qu'il est pas venu nous rendre visite, nota Fernand.

— Il m'a dit qu'il voulait pas vous déranger, vu que le père était en pension ici.

— Ton frère est un vrai gentleman, déclara Henriette en mettant deux pâtés au poulet bien garnis dans le four.

— Dommage pour sa femme… commenta Adrien en baissant la tête.

— Y a pas été chanceux dans sa vie, le pauvre, commenta Fernand à son tour.

Le temps d'un battement de cils, un silence respectueux s'installa entre eux.

— Oh ! s'écria soudain Henriette en portant sa main enfarinée à son bas-ventre.

Les deux frères se retournèrent vers celle qui, penchée vers l'avant, regardait le liquide précurseur de la naissance à venir mouiller le plancher.

— Adrien, peux-tu garder Maurice ? demanda Fernand qui était déjà debout près de sa femme.

— Heu… Je sais pas si…

— Y faut qu'on aille chez le docteur. Tout de suite…

— Oui… Oui, ben sûr. Je vais rester ici avec Maurice.

Soutenue par Fernand, Henriette alla dans sa chambre, où elle prit le temps de changer de vêtements.

Demeuré seul avec Maurice qui jouait tranquillement dans un coin de la pièce, Adrien se leva et alla s'asseoir à côté du bambin. Fernand revint et s'activa aussitôt. Il lava le plancher à grande eau avant de l'assécher le mieux possible. Il vérifia la cuisson des tartes dans le four et vit que la pâte n'avait pas eu le temps de cuire.

— Peux-tu surveiller les pâtés pendant notre absence ? demanda-t-il à Adrien qui acquiesça du chef.

Il fit une pause avant d'enchaîner :

— Je suis content que tu sois revenu, Adrien.

Henriette sortit de la chambre au moment où les deux frères se faisaient l'accolade.

— On y va ? dit-elle, le souffle court.

— Peux-tu marcher jusque chez le docteur ? s'inquiéta son mari.

— Oui, ça va même me faire du bien.

— T'es certaine que tu veux pas que je téléphone à monsieur Chenevert ?

— Certaine.

Le couple prit congé du gardien d'enfant improvisé et marcha, bras dessus, bras dessous, en direction du cabinet du médecin.

Dans son for intérieur, Henriette avait peur, mais elle ne voulait pas le laisser paraître. Elle pria sa mère de lui donner la force de faire face à ce nouvel accouchement qui, elle l'espérait de tout son cœur, saurait effacer le souvenir du précédent.

Chapitre 31

L'orage

L'accouchement s'était déroulé rapidement et sans anicroche. Par prudence, le médecin avait préféré envoyer sa patiente à l'hôpital de Granby.

— Si jamais il y a des complications, ils sont mieux équipés là-bas, avait-il expliqué au futur papa.

Les services de chauffeur de Pierre Chenevert avaient été réquisitionnés in extremis et Fernand dut s'avouer qu'il aurait été plus simple d'avoir une voiture bien à lui. Encore heureux que son ami le cordonnier ait la gentillesse de le dépanner en toutes circonstances.

— Si on ne peut pas donner un coup de main à son prochain… avait déclaré Pierre en fermant sa boutique avant l'heure.

Le séjour à l'hôpital n'avait pas été prévu et Fernand avait dû piger dans les économies qu'il plaçait, à raison de cinquante cents par semaine, dans un compte d'épargne à la caisse, pour couvrir les frais de la chambre. Henriette aurait préféré retourner à la maison le soir même, mais les infirmières et son mari s'y étaient fermement opposés.

— Ça vaut ben ce prix-là pour vous savoir, toi et Nicole, entre bonnes mains et en sécurité, l'avait-il rassurée.

— Tu vas être obligé de revenir me chercher demain…

— Arrête de t'en faire et repose-toi, lui avait-il chuchoté avant de quitter la pièce où se reposaient trois autres femmes qui, comme Henriette, avaient donné la vie le jour même.

À bord de l'automobile qui l'avait ramené chez lui en pleine nuit, Fernand avait tenté de combattre la fatigue, qui s'affichait bien malgré lui par des bâillements incontrôlables.

— Tu as besoin de te reposer, toi aussi, lui avait dit Pierre.

— Je sais…

— Tu vois, depuis que je suis veuf, j'ai plus de temps pour vivre un peu…

— Vous êtes ben chanceux. Moi, c'est le dimanche, juste après le dîner, que je m'oblige à me reposer. Je m'étends dans ma chaise longue. Mais ça prend pas deux minutes que ma tête se remplit de plein d'idées…

— Des bonnes ou des mauvaises ?

— Des deux… Disons que j'aime pas trop m'arrêter ces temps-ci à songer à ma vie. Je me mets à jongler et, au bout du compte, ça finit par me rendre plus anxieux, plus nerveux.

Fernand s'était tu, préférant garder pour lui tous les rêves qu'il gardait enfouis dans un coin de son cœur. Son cerveau s'embrouillait trop souvent à son goût. Avec le travail à la manufacture, les deux enfants maintenant, les réunions, la chorale, la maison à entretenir, et l'été qui apportait son surplus de travail à l'extérieur, comme tailler la haie qui clôturait le terrain, le gazon à couper, le jardin à agrandir chaque année, il n'avait plus une minute à lui.

Il ne savait plus comment se reposer… ni rêver…

L'arrivée de la petite Nicole à la maison avait eu lieu le surlendemain. Quelle n'avait pas été leur surprise de revoir Adrien et sa future épouse venus en renfort.

Henriette et Fernand étaient aussitôt tombés sous le charme de cette femme à l'épaisse chevelure rousse et bouclée, au regard franc et rieur et à la stature imposante. Berthe débordait de confiance et de joie de vivre.

— Pensez-vous que je l'aurais laissé tout seul dans votre maison ? À prendre soin d'un enfant, en plus ? avait-elle taquiné son Adrien devant ses hôtes qui avaient ri de la mine outrée de celui qui se faisait ainsi asticoter.

Les futurs mariés étaient repartis en promettant de revenir les voir souvent, mais surtout après avoir accepté avec joie d'être les parrain et marraine de la petite Nicole.

Pendant les deux semaines qui avaient suivi, Henriette avait repris assez de force pour se remettre au travail et préparer la cérémonie du baptême qui avait eu lieu en présence des parents et amis habituels auxquels s'étaient joints Berthe et Adrien.

Henriette avait eu un pincement au cœur en constatant qu'encore une fois, aucun membre de sa famille ne s'était présenté à l'église. Alors qu'elle se tenait près des fonts baptismaux et qu'elle regardait Berthe, élue porteuse pour la cérémonie, le front affectueusement penché vers le bébé dont elle tenait la petite tête blonde suspendue au-dessus de l'eau bénite, elle se jura de mettre de côté ses vaines récriminations et de faire en sorte de les revoir.

Depuis l'arrivée de sa sœur, pour une raison obscure, Maurice s'était mis à faire les quatre cents coups. Lui, habituellement si tranquille, courait dans tous les sens, fouillait partout, mettait la maison sens dessus dessous.

— Il fait ça pour attirer ton attention, pour que tu t'occupes plus de lui, avait dit Fernand, un soir après le souper quand, à bout de fatigue, elle s'était installée dans son fauteuil, près de la radio qu'elle n'écoutait presque plus.

— J'ai pas le temps de jouer avec lui, s'était-elle excusée. Avec les biberons à chauffer, les boires aux quatre heures, les couches à laver, Nicole à langer, à bercer, à consoler, j'ai pas assez de mes deux bras pour tout faire.

— T'as pas à te justifier. Tu fais de ton mieux et ça, je le sais… Nicole va vieillir et Maurice aussi. Donnons-lui le temps de s'habituer, lui aussi. C'est un petit garçon intelligent. Il va finir par comprendre. Et puis, il va bientôt aller à l'école.

— Pas avant qu'il ait six ans.

— Les commissaires et moi, on pense que ça serait bien que les enfants aillent à l'école avant. On étudie la question…

Henriette avait pris son mal en patience, priant pour que les journées reprennent leur rythme normal.

*

Octobre et son été indien voyaient désormais Henriette profiter de ce redoux pour travailler au jardin, Maurice à ses côtés courant dans les allées ou sur le gazon.

Ce matin-là, avant de partir, Fernand avait rempli d'eau une grande cuve carrée en acier galvanisé.

— Il va faire très chaud aujourd'hui. Maurice va pouvoir se baigner. Toi aussi si tu veux.

Henriette avait ri, s'imaginant mal prendre place dans la cuve et encore moins en maillot de bain.

La piscine improvisée faisait la joie du garçon qui s'amusait à y faire des remous en battant des bras et des jambes. Couchée sur une couverture posée à même l'herbe tendre, Nicole faisait la sieste. Henriette avait installé au-dessus de la cuve un drap blanc qui formait une sorte de dais qui protégeait l'enfant des rayons trop ardents du soleil de ce début d'après-midi.

Le clapotis de l'eau attira soudain l'attention de la mère vers Maurice qui s'amusait à arroser sa sœur.

— Maurice, arrête !

L'enfant, indocile, continuait son manège, faisant fi du regard désapprobateur que lui lançait sa mère.

— Je t'ai dit d'arrêter ! s'impatienta Henriette.

S'enhardissant, Maurice, non content de désobéir, augmenta la cadence, tant et si bien qu'une gerbe d'eau atterrit directement sur le visage de Nicole qui, sous l'effet de surprise, poussa un cri avant d'éclater en sanglots.

Henriette fondit aussitôt sur son fils, lui envoya une bonne claque derrière la tête avant de l'empoigner par le bras. Elle l'obligea à sortir de la cuve et à s'asseoir sur l'herbe.

— Reste là et bouge pas ! cria-t-elle, rouge de colère, à Maurice qui, à son tour, se mit à pleurer comme une Madeleine.

Henriette, peu impressionnée par les pleurs de son garnement de fils, s'empressa vers Nicole qui s'agitait maintenant dans tous les sens. Elle la souleva de terre et la tint fermement contre elle.

— Chut, chut, chut, tenta-t-elle de la calmer.

Dans le ciel, de lourds nuages précurseurs d'orage couvraient le soleil tandis qu'un vent soufflant en bourrasques soulevait déjà la terre sèche et les petits gravats qui avaient élu domicile entre les sillons.

Au loin, le tonnerre roula.

— Vite ! Il faut rentrer, dit-elle à Maurice en tendant la main vers le gamin.

Le garçon, résolu à ne pas obéir, se leva et courut vers la balançoire installée à une branche du pommier qui se dressait à l'autre bout du terrain.

Henriette voulut le rattraper, mais l'enfant était déjà loin. Elle se résigna à replacer Nicole sur la couverture et elle se lança à la poursuite de Maurice.

La pluie s'était mise à tomber, aussi drue que subite. Henriette était à mi-chemin entre ses deux enfants, les deux pieds dans la boue, ne sachant plus à quel saint se vouer ni à quel enfant donner priorité.

Les pleurs de Nicole la firent rebrousser chemin et elle prit l'enfant dans ses bras. Quand elle se redressa, le bruit d'une explosion lui fit dresser les cheveux sur la tête. Le craquement de l'arbre que la foudre avait frappé, suivi du roulement de tonnerre la terrorisa.

— MAURICE !

Affolée, elle se précipita vers l'enfant qui gisait par terre.

Nicole serrée contre son sein si fort que l'enfant avait peine à respirer, Henriette courut à perdre haleine vers Maurice qui semblait dormir, recroquevillé sous la petite planche de bois qui continuait à se balancer sous la poussée invisible du vent. Aveuglée par la pluie et les larmes, Henriette était au comble de l'angoisse.

— MAURICE ! répéta-t-elle.

Elle hoquetait de désespoir quand elle fut enfin près de lui. Elle déposa Nicole dans l'herbe et demanda, d'une voix étranglée par l'émotion :

— Maurice, est-ce que ça va ?

L'enfant releva la tête et, comme un petit animal apeuré qui aurait évité un piège mortel, il se réfugia dans le giron de sa mère en pleurant.

Les larmes de l'enfant se mêlèrent à celles de la mère, et les deux restèrent enlacés un long moment, le temps de calmer la peur qui les étreignait tous les deux.

Le vent s'était apaisé, le tonnerre s'éloignait et, avec lui, la crainte d'Henriette d'avoir perdu son fils pour la seconde fois.

— Viens, on va rentrer à la maison.

Maurice obéit docilement, entourant les hanches de celle sur qui il prenait encore appui.

Henriette prit Nicole dans ses bras et le trio se dirigea vers la maison.

Henriette se jura de ne plus jamais lever la main sur son fils, ni sur aucun de ses enfants. Elle se promit aussi de délaisser plus souvent sa besogne pour passer du temps avec Maurice.

« Toi qui as toujours voulu être maîtresse d'école, tu pourrais montrer à lire et à écrire à Maurice », lui suggéra sa petite voix.

Henriette songea qu'il serait illusoire de compter sur le projet des maternelles dont son mari lui avait parlé, et qu'il serait plus sage de prendre en main l'instruction de son enfant.

« Après tout, c'est pas difficile de montrer à lire et à écrire… Et puis, Maurice est un enfant intelligent », s'encouragea-t-elle en franchissant le seuil de sa demeure.

Chapitre 32

Les visiteurs

Octobre avait ramené ses nuits plus fraîches. Le soleil matinal se déversait par les trois fenêtres alignées sur le flanc sud-est de la maison, filait le long du mur, plongeant un bouquet de chrysanthèmes d'automne dans un bain de lumière.

La saison s'achevait et, avec elle, se profilait le travail à venir. Les récoltes abondantes avaient tellement dépassé les espérances de Fernand et d'Henriette qu'ils avaient décidé d'en vendre une partie à l'épicerie du village. En ce samedi matin, le couple s'affairait au jardin, déterrant les carottes, panais et navets que Fernand irait vendre.

— Y en a tellement ! Pis des gros à part ça ! s'étonnait-il chaque fois qu'il sortait un navet de terre.

— C'est sûrement à cause du fumier de mouton que t'as mis au début du printemps.

Agenouillé sur la terre, Fernand cueillit un chou, gros comme la tête d'un veau, l'examina attentivement en le retournant dans ses mains.

— Y a pas trop de bibittes cet été. La poudre que j'ai vaporisée semble avoir fait la job.

Penchée au-dessus d'un plant rempli d'aubergines bien mûres, Henriette se dépêchait de récolter les derniers fruits qu'elle déposait avec précaution dans un panier de bois.

— J'aime pas tellement ça, ce produit-là, s'inquiéta-t-elle. Si c'est assez fort pour tuer les insectes, imagine ce que ça doit faire dans notre estomac.

— Ben non, ben non… Y a pas de danger si on les lave comme il faut avant de les manger, la rassura son mari en se relevant avec difficulté.

Depuis quelques semaines, son embonpoint l'incommodait plus qu'à l'accoutumée. Les journées passées debout devant sa machine lui étaient coutumières, mais le travail de jardinier, qui l'obligeait à se pencher, à se redresser et à s'agenouiller constamment ne lui seyait guère.

L'homme essuya son front sur lequel perlaient des gouttes de sueur. Son essoufflement surprit Henriette qui se redressa et le fixa un long moment.

— T'es tout rouge… Est-ce que ça va ? interrogea-t-elle, inquiète.

— Oui, oui…

— Il va falloir que tu maigrisses un peu, Fernand. Ça fait longtemps que tu t'es pas pesé…

— Penses-tu que j'ai juste ça à faire, moi, me peser ? coupa-t-il, impatient. Je sais que j'ai engraissé dernièrement… Ça doit être la bière. L'été, j'en bois plus. C'est tellement bon une bière fraîche quand il fait chaud !

— C'est pas normal d'engraisser tant que ça, continua Henriette.

— Ce qui est pas normal, c'est de me pencher sans arrêt. Je suis pas aussi souple que toi. Et oublie pas que je suis plus tout jeune.

Henriette préféra se taire. Elle connaissait assez son mari pour comprendre que cet embonpoint blessait son orgueil. Encore le mois dernier, elle avait dû agrandir la taille de ses trois pantalons en y ajoutant des morceaux de tissu de la même couleur qui seraient, de toutes façons, cachés par la ceinture de cuir que Fernand attachait désormais au dernier cran. Si sa taille continuait à s'arrondir, ce serait sa garde-robe au complet qu'il faudrait changer.

— Ça serait bon que tu ailles en parler au docteur, lui recommanda-t-elle en reprenant son travail.

— Je suis pas malade, rouspéta-t-il.

— Peut-être pas maintenant, mais si ça continue, tu pourrais le devenir, conclut-elle d'un ton sec.

Fernand ouvrit la bouche et la referma aussitôt.

Henriette avait raison. Force était d'admettre que malgré tous les efforts qu'il déployait, rien n'y faisait. Fernand sentait confusément que quelque chose dans son corps se déréglait. Il tenta de comptabiliser le nombre de fois où, ces derniers temps, l'envie d'uriner le réveillait en pleine nuit. Il en avait mis la faute sur la soif qui le tenaillait de plus en plus ces derniers temps, comme si son gosier était devenu complètement desséché. Les températures chaudes qui perduraient en étaient probablement la cause. Il ne savait plus quoi penser…

« Et tes étourdissements ? », lui rappela une petite voix au fond de lui.

Fernand s'était abstenu de parler à Henriette de ces vertiges qui le surprenaient de plus en plus souvent et aussi de sa vue qui baissait, l'obligeant parfois à porter deux paires de lunettes l'une par-dessus l'autre, quand la lumière était plus faible.

« Elle m'aurait envoyé voir le docteur », songea-t-il.

Avec ses quarante ans bien sonnés, Fernand se faisait lentement à l'idée que le temps était venu de se soumettre à un examen plus complet. Ne serait-ce que pour connaître la cause de ces malaises incommodants qui, s'il n'y prenait pas garde, pourraient lui empoisonner la vie. Plus que tout, la peur d'une maladie incurable revenait le hanter chaque fois qu'un malaise le surprenait. Il avait beau tenter de se raisonner, l'angoisse revenait, insidieuse et persistante. Depuis quelques mois, la fatigue qui l'accablait après une longue journée de travail lui enlevait le goût de jouer avec ses enfants. Il gardait ses forces pour les réunions qui se succédaient à un rythme effréné et auxquelles il ne se soustrayait jamais. Il avait mis un point d'honneur à n'en manquer aucune, même si parfois il aurait préféré se reposer.

Fernand tentait vainement de se convaincre que ces signaux n'étaient que passagers et qu'ils étaient dus à un surmenage ou aux abus de la bonne chère et du houblon.

— N'oublie pas une chose : la santé est la chose la plus précieuse qu'on a, dit sa femme sentencieusement en quittant les abords du jardin.

Elle se dirigea en hâte vers la petite Nicole qui gigotait en agitant frénétiquement dans les airs ses petits poings fermés.

— Maurice ? appela-t-elle en soulevant l'enfant qui se calma instantanément.

Le garçon ne répondit pas. Inquiète, Henriette balaya les environs du regard à la recherche de l'enfant espiègle qui s'amusait souvent à se cacher, au grand dam de sa mère.

— Sais-tu où est Maurice ? demanda-t-elle à Fernand qui posa à son tour un regard circulaire sur les environs.

— Il est pas sous la galerie, à jouer dans le sable avec son camion ?

Nicole dans les bras et bien appuyée contre sa poitrine, Henriette gravit en courant la pente douce qui séparait le jardin du lieu de prédilection de son fils. Mais il n'y était pas.

— Maurice ?... MAURICE ! ?

Alerté par les cris de sa femme, Fernand accourut aussitôt.

— Maurice ? cria-t-il à son tour.

— Je suis ici... répondit une petite voix venant de la rue.

Le père et la mère relevèrent la tête en même temps pour apercevoir leur fils debout près d'une rutilante Dodge D24, les mains dans celles de son oncle Gaston et sa tante Estelle.

En apercevant son frère et sa sœur, Henriette sentit son cœur bondir dans sa poitrine. Elle n'aurait su définir exactement le sentiment qui l'étreignait, mais leur présence impromptue la mit mal à l'aise. Le long silence qui s'installa confirma que les nouveaux venus partageaient l'embarras d'Henriette. Personne ne semblait savoir quelle attitude adopter.

Gaston fixait Henriette d'un air inquiet, gêné même, tandis qu'Estelle baissait le front et serrait plus fort la main de son neveu, tentant de retenir les larmes qui lui montaient aux yeux.

Le regard de Fernand allait de l'un à l'autre, tandis qu'il cherchait à comprendre le malaise qui planait sur les enfants Camirand. Il fit signe à Maurice de venir le rejoindre, mais celui-ci, rayonnant, demeurait béat d'admiration devant cette nouvelle tante aux lèvres aussi rouges que ses ongles vernis et aux longs cils recourbés. Il la trouvait belle dans sa robe bleu pâle aux fines rayures marine.

— Ah ben, d'la belle visite ! s'exclama enfin Fernand en marchant vers eux, mettant ainsi fin au trouble qui s'éternisait. Qu'est-ce qui nous vaut l'honneur ? Pas des mauvaises nouvelles, j'espère ?

Sortant de son mutisme, Henriette s'avança à son tour vers les visiteurs.

— Pas de mortalité dans la famille, toujours ? demanda-t-elle.

— Non. Rassurez-vous. On est juste venus pour vous voir, répondit Gaston.

— En fait, *je* voulais te voir… précisa Estelle en plantant ses prunelles dans celles de sa sœur bien-aimée.

Henriette tendit Nicole à Fernand avant de prendre Estelle dans ses bras et de la serrer très fort sur sa poitrine. Subitement, le malaise se dissipa comme par magie. Comme il lui était doux de la revoir !

Les deux sœurs demeurèrent enlacées un long moment, savourant ces retrouvailles inespérées.

— Ça fait tellement longtemps que j'attends cet instant... murmura Henriette à l'oreille de celle qui pleurait doucement, la tête appuyée contre l'épaule de son aînée.

— Restons pas là ! Venez, on va vous montrer la maison, les invita Fernand à grands renforts de sourires accueillants.

Henriette et Estelle se séparèrent à regret, remettant à plus tard le moment des confidences. Henriette se tourna vers Gaston qui attendait en silence. Elle le fixa un moment, comprenant qu'il lui serait difficile de passer outre à la déviance sexuelle qu'elle lui connaissait en secret.

De son côté, le frère avait anticipé la réaction de sa sœur et il comprenait son attitude froide et réservée à son égard. Ne l'avait-elle pas surpris en plein ébat amoureux ? Avant d'acquiescer à la demande d'Estelle de venir rendre visite à Henriette, il avait bien réfléchi à sa situation qui le plaçait, face aux membres de sa famille, au rang des parias. Dans cette société où la religion et les bonnes mœurs avaient priorité sur le bonheur des gens, il n'avait pas sa place.

Un soir où le fardeau de sa faute lui était devenu intolérable, il avait rendu visite à Rose-Aimée et lui avait confié son terrible secret. Celle-ci l'avait écouté sans sourciller avant de lui ouvrir les bras pour le consoler. La honte qu'il traînait avec lui avait fondu comme neige au soleil au fur et à mesure qu'il lui avait raconté son histoire. Rose-Aimée avait appris que la vie de son petit frère, alors âgé de dix ans, avait basculé le jour où un frère du Sacré-Cœur de Jésus, enseignant à l'école primaire qu'il fréquentait, avait jeté son dévolu sur lui. Cet homme, qui avait su lui prodiguer une attention intéressée, avait remplacé le père ivrogne qui n'avait jamais daigné lui démontrer le moindre amour. Avec l'homme d'Église, Gaston avait échangé de la tendresse, des rires complices, une douce amitié qui lui avait prouvé qu'il était important. Le frère Donatien l'avait aimé, d'une manière que les bien-pensants trouvaient répréhensible, assurément, mais pas une seule fois Gaston n'avait regretté cette alliance avec le péché qui lui faisait le plus grand bien.

Le frère Donatien était mort depuis longtemps, emportant avec lui le secret de sa faute. Gaston avait cru pouvoir se ranger du côté des gens « normaux ». Il s'était marié pour éviter la conscription, mais aussi pour faire taire les rumeurs qui circulaient sur son compte. D'ailleurs, il était difficile pour les hommes, comme pour les femmes, de demeurer célibataires sans devenir l'objet de médisances.

— Bienvenue chez nous, dit Henriette en lui tendant les deux mains.

Gaston s'en empara comme un naufragé s'empare d'une bouée dans une mer démontée.

— Je suis content de te revoir, dit-il, ému.

À la suite de leurs hôtes, les visiteurs empruntèrent le petit trottoir de ciment, ligne claire entre deux rangées de pétunias multicolores.

Chapitre 33

La quête

—Ma franchise vous met-elle mal à l'aise? demanda Gaston, craignant d'en avoir trop dit.

Réunis autour de la table de la cuisine sur laquelle gisaient des assiettes vides, Henriette Fernand et Estelle se taisaient. Les mains de Fernand jouaient nerveusement avec la serviette de coton à carreaux jaunes et verts qu'Henriette ne sortait que pour les grandes occasions.

—Je le savais depuis longtemps, déclara enfin Estelle, rompant le silence pesant qui planait dans la pièce.

—Moi aussi, avoua Henriette à son tour.

—Je suis donc le seul qui n'a rien vu... soupira Fernand en roulant des yeux ronds et en jetant à sa femme un regard en coin.

—Comment avez-vous su? demanda Gaston, étonné.

— Je t'ai surpris avec François Deblois, à ton logement, répondit Estelle.

— Et moi, au magasin Dupuis, à Montréal. Tu te souviens pas ? Tu m'as pourtant vue partir en courant juste après !

— J'étais pas certain de ce que tu avais vu…

— C'est pas grave, l'interrompit Henriette. C'est ta vie. On a rien à redire là-dessus.

L'hôtesse tourna la tête vers sa sœur qui hocha la tête en signe d'assentiment. Quand elle regarda Fernand, elle remarqua son air buté et désapprobateur.

La déviation sexuelle de son beau-frère heurtait, plus qu'il ne l'aurait jamais imaginé, ses valeurs morales et religieuses les plus profondes. Il lui aurait été facile de s'insurger contre un tel comportement si Gaston avait été un pur étranger, mais la réconciliation d'Henriette et de son frère, il ne le savait que trop, dépendait de son acceptation de ce comportement qu'il jugeait contre nature et qu'il désapprouvait de toute son âme. Mais il en allait de la survie des liens déjà si fragiles unissant cette famille. Une survie qui lui demandait d'outrepasser les limites de sa propre moralité.

— Je vous demande pardon, murmura Gaston en baissant le front. Je pourrai pas changer. C'est en moi et je dois m'accepter comme je suis. C'est pas une maladie. C'est une façon différente d'aimer… Mais je peux vous dire que c'est un amour aussi fort que celui entre un homme et une femme…

— T'as pas à t'expliquer, ni à nous demander pardon, dit Henriette. T'as le droit de vivre ta vie comme tu l'entends. Et c'est pas à nous à te faire la morale. Pas vrai, Estelle ?

L'allusion, à peine voilée, au secret entourant la naissance de son fils illégitime frappa Estelle en plein cœur et elle se leva comme si une mouche l'avait piquée.

— Est-ce qu'on peut se parler, seule à seule ? demanda-t-elle à sa sœur.

L'immense souffrance qu'Henriette perçut dans le regard posé sur elle l'incita à la bienveillance.

— Allez donc vous balancer un peu dehors. Le soleil va se coucher bientôt, c'est l'heure idéale, leur suggéra Fernand qui s'affairait déjà à débarrasser la table.

— Je vais t'aider, dit Gaston en se levant à son tour, heureux de cette occasion d'être seul avec son beau-frère.

Les deux femmes sortirent de la maison en silence.

L'odeur de l'herbe fraîchement fauchée s'élevait dans le soir qui tombait lentement. Un vent léger folâtra dans les chevelures bouclées des deux sœurs qui marchaient, bras dessus, bras dessous, comme au temps heureux de leur jeunesse. Quand elles prirent place sur la balançoire, un chat sortit de sous la haie de cèdres délimitant le terrain du voisin de celui des Dupré.

— Oh ! s'écria Estelle en levant les jambes.

Henriette s'amusa ouvertement de sa mine apeurée.

— Il m'a fait peur, le maudit ! se défendit Estelle, une main sur le cœur.

Elle soupira bruyamment, se cala contre le dossier de bois peint en blanc, croisa les mains sur ses genoux qu'elle garda repliés dans une position enfantine et laissa libre cours à son désarroi.

— Je veux le retrouver... commença-t-elle, fébrile.

— Qu'est-ce que tu dis là ! ? s'exclama Henriette.

— Je veux retrouver mon petit garçon, hoqueta-t-elle cette fois en plongeant son visage dans ses mains.

Le poids du chagrin la fit se plier en deux et elle pleura un long moment.

Respectant le chagrin de sa sœur, Henriette ne dit rien. Elle posa une main apaisante sur le dos courbé qui se soulevait au rythme des sanglots.

Estelle releva enfin la tête et porta son regard vers le ciel où de petits nuages blancs flottaient.

— Penses-tu qu'il est bien, où il est ? demanda-t-elle. J'aimerais tant savoir s'il a une belle vie...

— Je l'espère de tout cœur, répondit Henriette, émue par le deuil que vivait sa sœur.

—Je veux savoir où il est, déclara Estelle en se tournant cette fois vers sa sœur et en plantant un regard farouche dans le sien.

Elle s'empara des mains d'Henriette et les tint fermement entre les siennes.

— Veux-tu m'aider ? demanda-t-elle.

La confusion la plus totale s'empara d'Henriette, qui ne savait plus quoi dire.

—Je… je sais pas si… bredouilla-t-elle.

—Je veux savoir, répéta sa sœur.

— Ça t'avancera à quoi ? Peux-tu me le dire ? À te faire encore plus de peine ?

— Tout à coup que…

— Que quoi ?

— Qu'il est encore à l'orphelinat ? Que personne n'a voulu l'adopter ? tenta Estelle dans un regain d'espoir.

Henriette pinça les lèvres et abaissa un instant les paupières, songeant au sort réservé aux orphelins que Maurice Duplessis, de concert avec les autorités religieuses, avait placés au rang des attardés mentaux. Les orphelinats n'étaient désormais que des asiles où les pauvres hères étaient emprisonnés.

— Si c'est le cas, c'est aussi bien que tu le retrouves jamais, laissa-t-elle tomber avec un air sombre.

Henriette se fit un devoir d'expliquer à celle qui vivait depuis plus de trois ans en dehors du pays comment on se chargeait des laissés-pour-compte et des miséreux de la province maintenant sous la gouvernance de Duplessis. Elle crut que ce constat l'aurait découragée. Hélas, l'annonce d'une telle barbarie fit sur Estelle l'effet contraire. Elle se dressa sur ses pieds, prête à descendre aux enfers pour retrouver celui qui hantait ses jours et ses nuits.

—Je vais tout raconter à Gaston, dit-elle.

—Je pensais qu'il savait déjà, s'étonna Henriette.

Mais Estelle ne l'écoutait plus et courait déjà vers la maison. Henriette la rejoignit et l'obligea à pivoter sur ses talons et à lui faire face.

—Attends un peu, écoute-moi…

—Lâche-moi ! Je sais ce que je fais, dit sa sœur en se débattant.

Henriette ne desserra pas son étreinte.

—Maudite tête de cochon ! C'est pas en racontant ton histoire à tout le monde et en te ruant dans tous les asiles que tu vas le retrouver, ton gars ! Y a plein d'orphelins partout ! Qui te dit que ton fils est encore au pays ? Y peut être n'importe où ! Adopté ou pas…

Les paroles d'Henriette eurent pour effet de calmer Estelle qui se montra plus docile.

—Je vais voir ce que je peux faire pour t'aider à le retrouver, la rassura son aînée, mais ça peut prendre du temps. Beaucoup de temps…

—Je sais…

— En attendant, la première personne à qui tu dois en parler, c'est à ton mari américain, lui conseilla Henriette.

— Il le sait déjà. Je lui ai tout raconté…

Henriette appréhendait le pire.

— C'est pour ça qu'il est pas venu avec toi ?

— C'est lui qui m'a conseillé de venir le retrouver.

La réponse d'Estelle laissa Henriette bouche bée.

— C'est un homme bon et généreux. Lui-même a une fille d'un premier mariage.

— Il est veuf ?

— Non, lui et sa première femme sont divorcés. C'est plus facile de faire ça aux États, tu sais. Les pasteurs là-bas nous traitent pas comme des pauvres pécheurs et des ignorants. Ils sont respectueux et honnêtes.

Estelle fit une pause.

— Je l'aime de tout mon cœur. Ma petite Lysa et lui sont mes plus précieux trésors.

— Il doit beaucoup t'aimer lui aussi, j'en suis certaine, conclut Henriette en passant un bras affectueux autour des épaules de celle qu'elle avait toujours considérée comme sa petite princesse.

— Je vais t'aider à le retrouver, promit-elle.

— Tu penses que ça va prendre beaucoup de temps ?

— Ça prendra le temps qu'il faudra, mais on le retrouvera, la rassura encore sa grande sœur.

— Penses-tu qu'on devrait mettre Gaston au courant ?

— Oui, mais pas devant Fernand. On va lui laisser le temps de digérer l'aveu de notre frère. Je verrai ensuite à le mettre au courant de ta quête.

— C'est un secret tellement lourd à porter…

Quand les deux complices entrèrent dans la cuisine, les beaux-frères, assis sur leurs chaises berçantes respectives, avec chacun un enfant sur les genoux, discutaient avec entrain de la saison de hockey du Canadien et de ses chances de gagner la coupe Stanley.

Chapitre 34

Les batailles

— Ça avance pas assez vite à notre goût. Il faut mettre plus de pression sur le gouvernement pour que le français devienne la langue officielle du Québec, déclara monsieur Gendron, l'un des commandeurs qui avaient pris en charge un des dossiers les plus importants de l'Ordre.

Le silence se fit dans la petite pièce où se rassemblaient les membres de l'Ordre de Jacques-Cartier. Ils connaissaient tous l'ingérence accrue des communautés irlandaises et anglophones dans le gouvernement canadien. Les ordres de la Chancellerie de La Patente étaient on ne peut plus formels : il fallait préserver la langue française avant que des lois ne soient votées en faveur de l'unilinguisme anglais.

Fernand écoutait d'une oreille distraite. Il n'avait pu se soustraire à cette réunion malgré une série d'étourdissements qui l'incommodaient depuis le matin à son réveil. Il n'en avait pas parlé à Henriette, qui lui aurait sans aucun doute recommandé de rester à la maison.

— Les chanceliers proposent des réformes plus concrètes. En éducation, plus précisément. Ils sont convaincus que le changement ne viendra pas des adultes seulement et qu'il faut miser sur nos professeurs et surtout la génération montante pour faire évoluer les choses.

— Ça va prendre beaucoup de temps, se risqua Pierre Chenevert.

— Ça prendra le temps qu'il faudra. C'est pas une course de chevaux. N'oubliez pas que dans la fable de La Fontaine, c'est la tortue qui a gagné… intervint Jean Locas, le second commandeur.

Pharmacien de métier, Jean Locas était aimé et respecté de ses concitoyens. On disait de lui qu'il était affable et à l'écoute de tous ceux et celles qui franchissaient les portes de son commerce.

Les journaux parlaient de l'affrontement entre Maurice Duplessis et les syndicats représentant les professeurs de toutes les écoles de la province. L'Ordre savait de source sûre que les syndicats préparaient une offensive massive. Ce n'était qu'une question de temps. Les conditions salariales étaient au cœur de la grogne, les conditions de travail aussi, bien entendu. Puisque les écoles étaient majoritairement sous l'égide de l'Église, les professeurs se voyaient obligés de traiter avec deux autorités qui marchaient main dans la main.

—Nous allons aussi devoir raffermir certaines positions face aux dangers de l'anglicisation. À ce propos, voici la liste des éléments que tous les membres de l'Ordre devront promouvoir.

Le président de l'assemblée déplia une lettre qu'il lissa du plat de la main avant d'en faire la lecture.

L'Ordre doit veiller au redressement économique des Canadiens français qui se retrouvent en situation d'infériorité économique par la mainmise des étrangers (Anglo-Saxons, Américains ou Juifs) sur le commerce et les ressources nationales. Pour arriver à l'indépendance économique de tous les citoyens de langue française, l'Ordre favorise :

1. *La fondation d'une section de la Ligue de l'achat dans les paroisses proches.*
2. *L'achat chez nous, pour favoriser la création des petites industries.*
3. *L'éducation des enfants canadiens-français demeure la pierre d'angle sur laquelle nous pourrons bâtir une société dans laquelle la prochaine génération pourra trouver des emplois au sein du gouvernement.*
4. *Les épargnes doivent être placées dans les institutions canadiennes-françaises, et non dans les banques.*

Le lecteur fit une pause avant de résumer le reste de la lettre.

— Pour le moment, il faut concentrer nos efforts sur la francisation.

— Quels sont les moyens suggérés ? demanda le curé Vigneault.

— Il faut envoyer des lettres, des cartes postales, des messages écrits à Ottawa pour demander l'affichage bilingue des billets de papier-monnaie, des timbres-poste, des chèques et des publications des deux paliers de gouvernement. Il faut aussi réclamer, plus que jamais, l'étiquetage des produits de consommation dans les deux langues et des services en français dans les commerces, les institutions et les compagnies.

Un silence lourd d'appréhension suivit ces derniers commentaires. Sous les fronts baissés et soucieux des membres rassemblés autour de la table, mille questions sans réponse surgissaient.

Le président de l'assemblée reprit la parole :

— Nous allons inciter les gens à envoyer une carte postale au bureau du premier ministre du Canada. Ce sera votre mission de convaincre vos parents, amis et collègues. Un de nos membres, qui travaille déjà dans les couloirs du parlement, saura comment acheminer les lettres.

Le curé Vigneault s'agita un moment sur sa chaise avant d'appuyer ses coudes sur la table et de joindre les mains.

— Qu'en est-il de nos demandes pour une représentation canadienne-française au Vatican ?

— C'est dans les prochains projets.

Le curé fit la moue, déçu que la survie de la langue française passe avant celle du catholicisme, de plus en plus en danger, selon lui, devant le marxisme.

L'attitude du prêtre n'échappa pas aux deux commandeurs de l'Ordre, qui le rassurèrent.

— Une chose à la fois, monsieur le curé. Pour le moment, avec Duplessis au pouvoir, vous n'avez rien à craindre de la montée communiste, dit-il avec un sourire entendu.

Le prêtre lui sourit en retour.

La séance se termina sur une prière. Fernand se leva et marcha vers la porte basse quand un vertige plus fort que les autres le terrassa. Il tomba au sol, perdant tous ses repères. Le temps d'un battement de cœur, lui parvinrent, comme à travers un brouillard, des voix teintées d'inquiétude. Quand il reprit ses esprits, il était allongé sur le plancher, une serviette d'eau fraîche sur le front.

— Vous avez eu une faiblesse… lui dit Jean Locas.

— Vous êtes tout pâle… ajouta Pierre Chenevert.

Le curé Vigneault était agenouillé à ses côtés.

Blessé de se montrer dans une position de faiblesse, Fernand voulut se relever. Pareil à un choc électrique, une douleur lancinante courut de sa tempe droite jusqu'à sa nuque où elle se nicha. Il grimaça avant de porter une main à son front couvert de sueurs froides.

— Voulez-vous qu'on aille à l'hôpital ? demanda Chenevert. C'est pas loin…

— Non, non… pas à l'hôpital… réussit à articuler Fernand en se redressant sur ses coudes. C'est juste un malaise… Je vais mieux…

— Une bonne nuit de sommeil sera probablement le meilleur remède, déclara monsieur Gendron.

Les camarades de Fernand l'aidèrent à se remettre sur ses pieds. Devant lui, le décor valsa un moment, tandis qu'une nausée s'emparait de lui.

« Tu manges trop de gras et de sucre… », le réprimanda sa petite voix.

Sa femme lui avait d'ailleurs conseillé, quelques semaines plus tôt, d'aller se faire examiner par un médecin.

Fernand s'en voulut de ne pas avoir écouté la voix de la raison.

Le trio quitta les lieux lentement et Fernand se laissa choir sur la banquette arrière de la voiture de Pierre Chenevert qui reprit en vitesse le chemin de la maison.

Chapitre 35

L'avenir

Couchée dans son lit, Henriette ne dormait pas. Elle ressassait dans sa tête les événements de la journée.

Au cours de l'après-midi, sa cousine Jeanne lui avait rendu visite. Seule… Dès son arrivée, elle avait littéralement fondu en larmes entre les bras d'Henriette. Quand elle avait repris ses esprits, attablée devant une tasse de thé et quelques biscuits qu'elle avait refusés d'un geste de la main, Jeanne avait raconté sa mésaventure à Henriette, sidérée.

— Il a tout perdu au jeu. Tout ! On n'a plus rien ! Il a même perdu son nouvel emploi ! Il dit qu'il ne veut plus rester à Saint-Pie. On va déménager… dans le Nord. Il a trouvé du travail dans une mine. T'imagines ? C'est très loin… Bien trop loin d'ici !

— C'est mieux que de vivre dans la misère à Montréal, l'avait encouragée Henriette.

— Il dit qu'il sera loin des tentations et qu'il va travailler tellement fort qu'il aura pas le temps et qu'il sera trop fatigué pour penser au jeu. À la boisson aussi…

— Il est plein de bonnes intentions…

— Il pense juste à lui ! Toujours à lui ! Moi, je suis quoi là-dedans ? Et les enfants ? Tu y penses ? Ils vont être élevés comme des sauvages dans le bois, loin d'une bonne éducation !

— T'exagères ! Y a sûrement une école là-bas ! avait tempéré Henriette qui trouvait que Jeanne dramatisait trop.

Henriette désapprouvait certes la conduite de Philippe et se trouvait chanceuse de ne pas être à la place de sa cousine. Pourtant, aux premiers jours de leur fréquentation, elle avait cru déceler qu'un amour véritable unissait Jeanne et son futur mari. Peut-être même une passion qui allumait des étincelles dans chaque regard qu'ils s'échangeaient. Comment ce feu s'était-il éteint ? Le train-train quotidien, les grossesses rapprochées et les mauvais penchants de Philippe avaient assurément mené le couple vers le désenchantement.

Seule dans son lit, elle comparait sa réalité à celle de plusieurs femmes de sa connaissance. Jeanne d'abord, à qui la vie de couple avait réservé son lot de mauvaises surprises. Estelle qui, malgré un bonheur retrouvé, se languissait de remords. Laurette, dont l'avenir n'augurait rien de bon, surtout depuis le diagnostic de schizophrénie de son fils cadet. Rose-Aimée qui s'échinait comme serveuse dans un café de la rue Sainte-Catherine, à Montréal. Quant à Aline, à la ferme, la pauvre n'avait pas une minute de libre entre les animaux, les enfants et un mari toujours présent.

Henriette comprit que le bonheur ne tenait qu'à un fil que la passion, ce vent dévorant, pouvait briser à tout instant.

Ses pensées allèrent à Ross Miles. Où était-il ? Que devenait-il ? Les émotions qu'il avait fait naître en elle refirent brusquement surface et elle en frémit de désir. Ses doigts touchèrent d'abord son cou, là où l'artiste avait caressé sa peau, avant de se poser sur ses lèvres et d'en dessiner les contours. Henriette ferma les yeux. Sous ses paupières valsèrent des images du visage de celui qui, bien malgré elle, faisait encore battre son cœur. Une douce langueur la surprit et elle posa ses mains sur sa poitrine, tout près des pointes dressées. Son souffle se fit plus court, plus fort aussi. Ses mains trouvèrent le chemin de son bas-ventre et son corps s'arcbouta au moment où elle toucha son sexe. Henriette se caressa sans pudeur, certaine que Dieu lui pardonnerait son plaisir solitaire qu'elle confesserait aussitôt qu'elle le pourrait. Dans son cerveau en feu, un fantasme prit toute la place. Cette main qui s'activait n'était plus la sienne, mais celle du peintre qu'elle imaginait penché au-dessus d'elle. Presque aussitôt, des spasmes prirent le relais, violents comme des torrents, lui coupant le souffle avant de la laisser pantelante de remords.

C'était la première fois qu'elle s'adonnait à ce péché. Ce qui la traumatisait le plus, ce n'était pas de s'être procuré du plaisir, c'était le fantasme qui l'avait surprise et qui l'obsédait encore. Décidément, ce bel Américain avait plus d'emprise sur elle qu'elle ne l'avait imaginé, et l'idée qu'elle ne le reverrait peut-être plus jamais la fit sombrer dans une profonde tristesse.

— Qu'est-ce qui me prend ? Est-ce que je suis en train de devenir folle ?

Henriette songea au traitement que l'on infligeait aux femmes que l'on disait atteintes d'hystérie et qui, au siècle dernier, se traduisait par l'ablation pure et simple de l'utérus.

Henriette mit la faute sur sa vie de couple qui battait de l'aile depuis quelques mois. Depuis surtout que Fernand était moins entreprenant, prétextant de la fatigue ou des malaises. Henriette avait bien remarqué que sa virilité flanchait parfois et elle s'était bien gardée de lui faire des remarques à ce sujet.

Un bruit venant de la cuisine lui signifia que Fernand était de retour et elle s'empressa de replacer les draps qui s'étaient déplacés vers le bas du lit. Elle jeta un bref coup d'œil vers le réveille-matin qui indiquait onze heures. Elle se coucha sur le côté et adopta la position d'une dormeuse, tentant de calmer le rythme de sa respiration.

Quand Fernand entra dans la chambre sur la pointe des pieds, elle s'aperçut qu'elle avait oublié d'éteindre la lampe de chevet.

— Dors-tu ? lui demanda-t-il en s'assoyant sur le lit dont le sommier gémit sous son poids.

— Non, dit Henriette à contrecœur et en se retournant vers son mari.

Quand elle aperçut son visage défait, sa mine grise, ses mains tremblantes et les larmes qui scintillaient au coin de ses yeux, elle craignit le pire.

— Veux-tu bien me dire ce qui t'arrive ? s'inquiéta-t-elle en s'assoyant à son tour.

— Tu avais raison, je dois voir un médecin au plus sacrant…

Fernand lui raconta sa mésaventure avant de se blottir contre sa femme.

Comme il avait peur ! Peur de la maladie, de la mort qui pourrait s'ensuivre. Peur de perdre le bonheur qu'il s'était évertué à gagner au prix d'un labeur quotidien. Pourquoi cela lui arrivait-il à lui qui avait toujours mis un point d'honneur à suivre les dix commandements de Dieu ? À aimer son prochain et à le respecter dans ses différences ? À œuvrer pour le bien de la communauté ?

— C'est pas juste… marmonna-t-il, collé contre la poitrine d'Henriette qui l'écoutait en caressant son front moite.

Il songea à Ernest qu'aucune maladie n'affligeait malgré les abus d'alcool auxquels il s'adonnait depuis toujours. À Adrien, l'aventurier et casse-cou dont aucun accident n'avait ralenti les ardeurs. À Philippe qui, malgré les aléas de ses dépendances, avait une santé de fer. À Rosario qui, après avoir frôlé la mort, vivait une retraite paisible loin des hôpitaux où il avait pourtant séjourné longtemps. D'autres exemples lui vinrent à l'esprit : Pierre Chenevert, encore en santé, Homer Dufresne et tous ces hommes, plus âgés que lui, que la nature avait gratifiés d'une bonne santé.

— La vie est pas juste, répéta-t-il en reniflant bruyamment.

Henriette l'obligea à lui faire face.

— Arrête de te tourmenter comme ça. Dès demain, tu iras voir le docteur et tu seras fixé sur ce qui te donne ces étourdissements. Ça sert à rien de te faire des idées, mais tu peux plus te raconter d'histoires. Y a quelque chose qui cloche et je suis certaine que c'est rien de bien grave. Ça fait un moment que je te le dis : il va falloir que tu te mettes au régime.

Fernand se détacha des bras de sa femme et essuya ses larmes du revers de la main. Henriette venait de prononcer le mot qu'il ne voulait pas entendre : régime. Ce mot honni qui était synonyme de privations, de sacrifices…

N'en avait-il pas encore assez fait, des sacrifices ? Depuis sa plus tendre enfance, il avait renoncé à ses envies et ses désirs pour ne pas déplaire à sa mère. Il avait laissé la place à ses aînés, ne recevant en échange que plaisanteries et taquineries mesquines qu'il avait fait semblant d'oublier aussitôt qu'elles lui vrillaient les oreilles pour ne pas attiser les chicanes qui seraient vite devenues des rancunes. Il avait mis une croix sur ses rêves d'enfant de posséder la terre familiale qu'il aurait léguée à ses propres fils, était devenu travailleur d'usine alors que plus que tout, il aurait voulu s'instruire. Il avait même fait un mariage de raison avec une femme qu'il avait, heureusement, appris à connaître et à respecter.

Encore aujourd'hui, il se dévouait pour l'avenir de tous ces enfants nés de l'après-guerre. Pour que leur futur ne ressemble pas à ce présent dont il ne détenait pas les guides. Les sacrifices, il se les était imposés, sans rechigner, les dents serrées… Alors pourquoi le sort s'acharnait-il à paver sa route d'embûches ?

— Cesse de jongler, couche-toi et dors, lui murmura doucement Henriette qui posa ses lèvres douces sur le front soucieux de son mari. Le docteur va trouver une solution. Tu vas voir. Fais confiance à la vie…

Henriette reprit sa place du côté du lit et Fernand, après s'être débarrassé de ses vêtements, fit de même.

Quand sa femme éteignit la lumière, il demeura un long moment les yeux ouverts dans la nuit, cherchant le réconfort des prières habituelles qu'il récitait avant de s'endormir. Mais les mots demeurèrent coincés dans sa gorge nouée.

« Il ne faut pas que tu perdes la foi… », murmura la petite voix de sa conscience.

Sa foi… Elle était bien malmenée, ces derniers jours. Le doute qui s'était immiscé dans son cerveau, ce soir, alors qu'il reprenait lentement ses esprits, affalé sur le sol d'un soubassement de maison, avait mis son âme en déroute. Désormais, Fernand savait que sa vie ne serait plus la même et qu'il devrait se battre contre un ennemi insidieux et implacable. Un ennemi qui, petit à petit, avait fait son nid dans son bonheur tranquille.

La pièce sombra dans un océan de silence dans lequel Fernand sentit la présence d'une ombre près de lui, flottant dans l'air humide de ce mois de novembre 1948 qui l'enveloppait comme une couverture.

Il murmura :

— Maman… Aide-moi…

Un souffle léger, comme la caresse d'une aile de papillon, effleura son front. Il se sentit soudain très las et ferma les yeux.

Dehors, le vent s'était levé, charriant avec lui les dernières feuilles d'automne que le froid avait jaunies. L'hiver était aux portes des maisons et, avec lui, la tristesse des nuits trop longues à venir, mais aussi des batailles à livrer.

Table des matières